A TRAVERS

LES

MONTAGNES DE LA CHARTREUSE

PAR

M. HENRI FERRAND

GENÈVE

LIBRAIRIE J. JULLIEN

1889

À TRAVERS LES

MONTAGNES DE LA CHARTREUSE

A TRAVERS

LES

Montagnes de la Chartreuse

PAR

M. Henri FERRAND

Membre des Clubs alpins suisse, français et italien et de la Société des Touristes du Dauphiné.

Le Grand Som et le Granier. - Les Sources du Guiers-Vif et le Col de Valefroide. - Charmant-Som. - Chamechaude. - Les Rochers de Chalve et la Grande Sure. - Les Sources du Guiers-Mort et la Dent de Crolles.

GENÈVE

LIBRAIRIE J. JULLIEN

—

1889

A TRAVERS LES MONTAGNES DE LA CHARTREUSE

LE GRAND SOM ET LE GRANIER

Extrait de l'*Echo des Alpes*. — N° 3, Septembre 1881.

LE GRAND SOM[1] ET LE GRANIER[2]

Les 16 et 17 mai 1880.

C'est à bon droit que le massif calcaire de la Chartreuse est parmi les touristes l'objet d'une vogue et d'une curiosité toujours nouvelles. Il ne présente ni glaciers ni grand pics déchiquetés; ce n'est pas à lui qu'il faut demander des ascensions émouvantes, ni des dangers à affronter, mais la grâce et la beauté de ses sites lui concilient tous les suffrages. Sans dépasser d'ordinaire la modeste altitude de 2,000 mètres, ses sommités offrent pourtant de merveilleux panoramas que l'on acquiert sans grande fatigue; ses pâturages ensoleillés, ses forêts touffues, ses riantes cultures y ramènent toujours celui qui l'a une fois parcouru. On croit le connaître, et chaque fois que, pour retrouver un souvenir ou pour le montrer à un ami, on recommence à le visiter, on est sûr d'y découvrir des charmes nouveaux, des beautés inconnues.

Les montagnes de la Chartreuse, au pied desquelles je vis, ont été le théâtre de mes premiers pas dans la carrière de l'alpinisme; leur proximité en fait le lieu nécessaire de nos entraînements de chaque printemps, et malgré ces continuelles visites, si pendant la belle saison je leur suis infidèle, je ne perds jamais une occasion d'y revenir. Aussi, lorsque j'appris que nos collègues de la Section lyonnaise se proposaient de se rendre dans un

---

[1] 2033 mètres.
[2] 1938 mètres.

des centres les plus charmants de ces montagnes, à St-
Pierre d'Entremont, et de faire l'ascension du Granier,
l'un de leurs plus saillants belvédères, ma résolution fut-
elle bientôt prise de me joindre à la caravane.

Toutefois, l'itinéraire adopté de Grenoble à St-Pierre
d'Entremont par le Touvet et le col de Valefroide m'ayant
paru mal choisi, en véritable irrégulier, je résolus
d'en suivre un à ma guise, et de ne rejoindre la colonne
qu'à l'étape du soir. Le 16 mai donc, à 6 heures du
matin, tandis que les collègues lyonnais se ralliaient
plus ou moins péniblement pour se rendre au Touvet
par le chemin de fer, je prenais la diligence de la
Grande-Chartreuse en compagnie d'un ami, M. Eugène
Martin.

Il faisait un temps radieux, les fêtes de la Pentecôte
promettaient à tous les forçats du travail deux bons
jours de liberté, aussi tout le monde s'échappait-il de la
ruche grenobloise, et dès cette heure matinale, les rues
étaient pleines de gens se hâtant à qui mieux mieux
d'aller respirer le grand air de la campagne. De notre
côté, la diligence qui d'ordinaire suffit largement à elle
seule à tous les besoins de la circulation, avait dû s'ad-
joindre deux autres véhicules, et tout cela surchargé
avait grand peine à hisser, surtout aux rampes de la
Placette, le poids énorme des amoureux de la belle nature. C'est du reste une remarque assez générale que
les fêtes des hommes ne sont pas fêtes pour les chevaux.

A St-Laurent-du-Pont, où nous arrivâmes vers les
9 heures, le mouvement et l'animation n'étaient guère
moindres qu'à Grenoble, et les voitures et chars à bancs
s'entrecroisaient de toutes parts au milieu du cliquetis
des fouets, du hennissement des chevaux et des cris
des enfants. A la hâte, dans un semblant d'hôtel, nous
procédons à un embryon de déjeuner, puis une nouvelle
carriole nous emporte gaiement vers la Grande-Char-

treuse. Nous avons laissé successivement en route bon nombre de nos compagnons du départ, et quoique la diligence ne puisse dépasser le bourg, deux simples chars sont seuls à lutter de vitesse sur la route de montagne qui remonte le Guiers. Tout le monde connaît aujourd'hui les merveilles de la gorge de la Grande-Chartreuse, du Pont St-Bruno, de l'Aiguillette, de la Croix-Verte, etc., si souvent reproduites par la photographie ; pourtant quelques-uns de nos compagnons de voyage jouissaient pour la première fois de ce spectacle ravissant, et leur admiration ravivait la nôtre, d'autant plus que le parfum des sapins, une douce chaleur et la pure lumière du printemps prédisposaient à la contemplation.

A 11 h. 30^m, nous arrivons au Couvent de la Grande-Chartreuse (977^m) et tandis que nos compagnons s'empressent d'aller le visiter, Martin et moi, nous nous enfonçons dans la montagne pour nous rendre à St-Pierre d'Entremont en passant par le sommet du Grand Som. Mais le jour est trop beau pour que la marche soit bien rapide ; il fait si bon rêver sous ces grands sapins ! on est si bien sur cette belle mousse ! il fait si chaud, et nos sacs sont si lourds ! Toujours flânant, nous dépassons la chapelle de Notre Dame de Casalibus, et avant d'arriver à St-Bruno, nous nous élevons à droite, sous bois, pour gagner les prairies et le col de Bovinant. De repos en repos, de causerie en causerie, nous arrivons à 2 h. aux chalets de Bovinant que la neige vient seulement de quitter et où les bergers ne se sont pas encore installés (1800^m. environ). Auprès d'une gentille source, nous déballons les provisions des sacs, et nous reprenons quelques forces avant d'attaquer la sommité.

La neige obstrue le chemin en corniche que l'on suit d'ordinaire ; il s'agit donc d'aller prendre le sentier de l'arête. A 2 h. 30 m., nous nous arrachons aux douceurs du repos, et dès lors commence pour mon compagnon une gymnastique que son embonpoint ne laisse pas que de lui faire trouver difficile. De la source de Bovinant nous montons directement, tantôt par des pentes de neige, tantôt par des arêtes de rochers jusqu'à la ligne de faîte. De là nous n'avons plus qu'à suivre vers le Sud une sorte de sentier qui, passant au milieu de petits lapiaz, longeant de plus ou moins près la crête de la montagne qu'il rencontre toujours, nous amène à 4 h. au sommet du Grand Som (2033^m).

Sur les pentes que nous venons de gravir deux caravanes suivent plus ou moins péniblement nos traces. Nous planons directement sur le couvent, et Martin parierait volontiers de lancer une pierre dans l'une des cours du monastère qui s'étale à 1,000 mètres au-dessous de nous. Malheureusement des brumes de chaleur, qui nous envoient même une petite ondée, nous dérobent une partie du panorama si vanté de notre cime, et je ne puis que montrer à mon compagnon les principales pointes de la chaîne, la situation de St-Pierre d'Entremont où nous allons descendre, et vers le N., le Granier que nous escaladerons demain. Pourtant Chamechaude, le géant du massif (2,081^m), sur lequel nous étions ensemble il y a près de deux mois, fait vers le S. pendant à la Pinéa, et la Grande Sure à l'O. se détache sur les plaines du Bas-Dauphiné.

A 4 h. 15 m. nous commençons la retraite; nous rencontrons successivement les deux caravanes, dont la seconde comprenait deux dames, plus alertes et plus intrépides que beaucoup d'hommes au milieu de ces rochers fendillés. Les guides sont étonnés que, ne pouvant suivre le sentier ordinaire, nous ayons si bien trouvé les passages des crêtes, et leur étonnement redouble quand ils nous voient, arrivés au-dessus des chalets de Bovinant, nous lancer à la course ou à la glissade sur les

pentes de neige ramollie qui nous séparent du pâturage.
Les pauvres gens sont si accoutumés à être forcés de
soutenir sous les bras leurs voyageurs pris de vertige,
qu'ils n'en peuvent croire leurs yeux en voyant des *messieurs* aussi expérimentés qu'eux-mêmes. Cette rapide
descente nous amène à 5 h. aux chalets de Bovinant,
d'où nous prenons alors la direction du Nord, pour descendre à St-Pierre d'Entremont par la forêt des Eparres.

Une gorge de pâturages d'abord, de forêts ensuite, se
creuse peu à peu entre deux arêtes courant parallèlement
du Sud au Nord. A l'entrée du bois, on trouve bien
vite le sentier, et l'on n'a plus qu'à le suivre au travers
d'un site d'une solitude émouvante pour arriver à St-
Pierre d'Entremont. La gorge se creuse de plus en plus,
de maigres sapins, qui s'élancent vers le ciel pour chercher le soleil, s'accrochent comme des désespérés aux
moindres aspérités du rocher, des lambeaux de lichen
pareils à des barbes en désordre pendent de leurs branches aiguës, des blocs de pierre énormes et couverts
d'une mousse séculaire, forcent le sentier à faire mille
détours dans ce corridor où pénètre rarement la lumière
du soleil ; l'humidité y règne et l'on a peine à s'y dé-
fendre d'un frisson. Cette première partie de la forêt
des Eparres a un cachet presque sinistre : on dirait un
décor infernal. Une assez grande quantité de neige qui
y était encore amassée gêna à la fois notre passage et
notre contemplation, et Martin ne peut que se faire une
idée un peu incomplète de ce passage digne d'inspirer
le crayon de Gustave Doré. Plus bas, la gorge s'élargit,
les sapins cèdent la place à un bois de toutes essences,
et toutes les terrifiantes impressions du premier moment
sont évanouies quand on arrive aux cultures, à l'ancien
château de St-Pierre d'Entremont, sorte de vieux nid
d'aigles qui n'est même plus la caserne des gardes forestiers (964ᵐ).

Du vieux château on jouit d'un beau coup d'œil sur la haute vallée du Guiers-Vif, St-Pierre d'Entremont, la vallée d'Entremont-le-Vieux, le Col du Frêne, le Granier, l'Alpette et Valefroide.

Un bon chemin nous amène en une demi-heure dans la plaine, et à 6 h. 30 m. nous faisons notre entrée à l'auberge de Mollard (640^m).

L'avant-garde des Lyonnais vient d'arriver, trois autres caravanes sont signalées, et ce pauvre Mollard, malgré toute sa bonne volonté, ne sait plus auquel entendre. Nous nous hâtons de nous débarbouiller, de faire notre toilette et nos sacs, puis, sûrs de l'avenir, nous attendons tranquillement les évènements en nous rafraîchissant avec les collègues arrivés.

La traversée du col de Valefroide, par la chaleur du milieu du jour, a été une dure épreuve pour les touristes, et l'on craint fort qu'il n'y en ait eu quelques-uns de fondus ; pourtant, en approchant de St-Mesme, les plus dispos ont fait un détour à gauche pour aller visiter les cascades et les grottes des sources du Guiers-Vif, de sorte que, vaillants et faibles, sont encore en arrière. La bande entière se compose d'une trentaine de touristes. Pendant que nous devisons, les traînards et les explorateurs rejoignent peu à peu. Grand Dieu ! il en sort de tous côtés. Il y en a des grands et des courts, des gros et des maigres, des chargés et des dévalisés, des contents et des grincheux ; toutes les variétés de l'espèce touriste s'étaient certainement donné rendez-vous dans ce malheureux bourg, et l'on compta un moment dans St-Pierre soixante voyageurs à ravitailler.

Enfin, Mollard parvient à nous organiser une grande table avec les Lyonnais, et à nous servir un souper fort présentable. Une fois la première ardeur apaisée, il s'agit de savoir ce que l'on fera le lendemain : la course d'aujourd'hui a refroidi beaucoup de courages, et l'on s'adresse à mon expérience pour savoir ce qu'il faut décider. Après mûre discussion, seize Lyonnais restent fermes pour le Granier, et promettent de nous y suivre. Les autres se contenteront du coup d'œil du col du Frêne, et attendront leurs camarades à Chambéry. Comme je redoute pour l'énergie de mes compagnons les six kilomètres démoralisateurs qui nous séparent d'Entremont-le-Vieux, je charge Mollard de nous procurer des moyens de transport; puis, après avoir bu une dernière fois à l'alpinisme, à la jeunesse et au Granier, chacun va chercher le repos. Inutile de dire que l'auberge ne peut coucher tant de monde, et nous voilà, Martin et moi, sur les onze heures du soir, allant sur la rive de Savoie chercher un lit au bureau de poste.

Le confort n'est pas grand, mais la nuit n'est pas longue, et à 4 h. du matin nous sommes sur pied. Les cris d'appel, les sifflets, les sons même de la trompe retentissent à travers le village, réveillant les dormeurs et faisant hurler les chiens. Peu à peu, on se concentre à l'auberge Mollard, et de toutes parts on voit poindre les touristes ensommeillés. Les courages sont bien un peu amollis, et d'aucuns très-décidés hier soir sont aujourd'hui bien ébranlés. Un bon café a raison de ces matinales défaillances; on complète les provisions, on règle l'hôte, et la caravane s'entasse dans deux voitures qui partent enfin à 5 h. du matin. Foin des paresseux et des éclopés qui ne se sont pas décidés pour le Granier! ils feront sur leurs jambes la route qui remonte le ravin d'Entremont et qui, se déroulant au fond de la gorge, ne présente pas d'incidents curieux de nature à égayer le trajet.

Au bout de nos six kilomètres, et sous les premiers rayons du soleil, nous faisons notre entrée dans le village d'Entremont-le-Vieux (840^m.), et il s'agit de retrouver dans les carrioles les jambes emmêlées avec les alpenstocks. Enfin chacun a recouvré son bien, et la caravane s'organise. Nous sommes dix-huit touristes, dont trois photographes; les auxiliaires sont : un porteur pris hier par les Lyonnais au-dessus du Touvet, Bourgeois, beau-frère de Mollard, et guide à St-Pierre d'Entremont, et un autre porteur qu'il a amené avec lui. Au moment de boucler les sacs, on s'aperçoit de l'insuffisance de ce personnel, et Bourgeois est chargé de faire des recrues. Il revient bientôt avec trois vigoureux paysans qui s'ornent des sacs restés en détresse. Il n'y a plus qu'à partir. Bourgeois, qui est le guide, n'a fait la course qu'une fois avec moi. Je l'ai faite deux fois, et sur les deux versants de la montagne. Me voilà dès lors nommé guide-chef, et à 6 h. la colonne s'ébranle.

On monte derrière l'église d'Entremont-le-Vieux, à travers les cultures, et l'on arrive dans un vallon supérieur au hameau de Granières ou Grénery. On est dès lors au pied même du Granier. En remontant le fond du vallon, on arriverait au passage de Belle-Combette; en s'élevant au Nord sur la gauche, on trouve le chemin du Granier, dit du Souterrain.

Le Granier, autrefois l'Apremont, qui forme l'extrémité septentrionale de la longue chaîne calcaire de la Dent de Crolles et de l'Aut-du-Seuil, présente une configuration fort singulière, et forme en quelque sorte une montagne à part dans cette muraille. Ses flancs extrêmement rapides, tapissés de bois taillis ou de forêts, sont surmontés d'un plateau rocheux quadrangulaire, entouré d'escarpements de tous côtés. Quatre passages seulement permettent de franchir cette ceinture à pic : ce sont le Pas de la Porte, à l'E., au-dessus de Chapareillan, celui par lequel nous nous proposons de descendre ; le Pas des Barres au S., qui donne dans Belle-Combette, et qui a été jadis façonné par les douaniers; le Pas du Souterrain à l'O., au-dessus d'Entremont-le-Vieux,

et la Cheminée, aussi à l'O., mais plus près du Col du
Frêne. Le plateau du sommet formé, comme tous les
pics de la Chartreuse, de calcaire néocomien supérieur,
dit calcaire à Caprotines, est tout fendillé par les agents
atmosphériques, et présente un bel échantillon de lapiaz.

Nous faisons un grand détour au-dessus de Granières
pour adoucir la pente par un sentier à travers les taillis,
puis, à l'arête S.-O. de la forteresse, on arrive à une
prairie inclinée, dont les pentes rapides ont bientôt fait
d'échelonner la caravane. Sauf de rares endurcis, tout
le monde a mis habit bas, et de distance en distance,
sur la côte qui va du taillis au rocher, on voit, formant
des taches blanches sur la verdure, un ou plusieurs
touristes harassés, assis et s'épongeant le front. L'évapo-
ration est générale, et pas de source pour la combattre.
Bah ! il n'est si rude côte qu'à la fin on ne monte, et
sur les 9 h. toute la troupe est réunie au pied des rochers. C'est le cas de donner aux gourdes une accolade
bien gagnée, d'aucuns disent même un petit mot aux
provisions du sac, puis on serre les rangs pour éviter
les chutes de pierres.

Au bas de l'escarpement s'ouvre un vaste portique,
dans lequel nous pénétrons. La grotte n'est pas profonde ; il n'est du reste pas nécessaire d'aller se heurter
au fond du souterrain, et en quelques pas on trouve sur
la droite une ouverture qui vous ramène dans une sorte
de large cheminée au milieu des rochers. On s'y élève
d'une dizaine de mètres environ, puis on prend sur la
gauche un sentier en corniche qui contourne deux épe-
rons et arrive dans une nouvelle cheminée assez gazonnée par laquelle on débouche enfin au sommet de
l'escarpement.

Nous voilà sur le plateau supérieur. En quelques pas
nous trouvons sur la droite une sorte de creux où la
neige s'est conservée. Ce sera le lieu du déjeuner. Sur

des pierres polies exposées au soleil ou sur des bâtons formant essieux, les porteurs organisent des fontaines de neige ; quelques amis du confortable se font une tente avec des piolets et des plaids, les sacs sont ouverts, les cuisines fonctionnent, et toute la bande couchée sur le gazon dans les postures et les costumes les plus divers, se livre aux douceurs du repos et du déjeuner. Les photographes braquent leur objectif sur cette scène champêtre pour en fixer le souvenir, et décernent à cette halte le nom de *Camp des bohémiens*.

Au bout d'une heure, le signal du départ est donné, et à 11 h. 30 m. nous arrivons, en suivant la crête, au signal de triangulation qui surmonte le sommet du Granier (1,938^m).

Le point culminant de la montagne se trouve à l'angle N.-O. du plateau supérieur. Suspendus au-dessus d'effroyables précipices, nous dominons le Col du Frêne, les taillis d'Apremont et les abîmes de Myans. La légende rapporte qu'en 1248 toute une portion de la montagne, séparée du reste de la roche par une profonde fissure, se détacha tout à coup et s'abattit sur le pays environnant. Ce fut une effroyable catastrophe. Dans la vallée, se trouvait au milieu de champs fertiles et de riantes campagnes la petite ville de Saint-André qui, avec quatre autres paroisses (Cognin, Tourey, Granier et Saint-Pérange) et seize hameaux, renfermait une population de plus de cinq mille âmes. On y vivait heureux et sans crainte au pied du colosse, et les hautes murailles de l'Apremont semblaient plutôt protéger que menacer les populations paisibles qui s'agitaient à ses pieds. Saint-André était le chef-lieu d'une circonscription ecclésiastique qui, sous le nom de Décanat de Savoie, comprenait jusqu'à Aix et Chambéry. On était à la fin de l'année, et d'abondantes pluies d'automne avaient détrempé le sol. Tout à coup, la veille de la Sainte-Catherine, dans la nuit du 24 au 25 novembre 1248, sur les onze heures du soir, par un temps splendide, on entendit un bruit épouvantable, et l'on sentit le sol remuer, ébranlé par une terrible commotion. L'atmosphère se trouva subitement obscurcie, et le bruit continuant ressemblait au roulement d'immenses chars de guerre couvrant d'horribles écrasements. Dans tous le pays, depuis Barraux jusqu'à Lémenc, tous crurent leur dernière heure arrivée. Cependant le fracas s'apaisa peu à peu, et le lendemain, aux premières lueurs de l'aube, les rares survivants purent voir les ruines amoncelées autour d'eux. Les terres, les villages, la ville n'existaient plus ; tout avait été recouvert et broyé par l'effondrement de la montagne, et les quartiers de rocs qui venaient dans leur course furibonde d'accomplir cette œuvre de désolation ne s'étaient arrêtés que devant l'église de Myans.

L'imagination populaire, frappée par ce terrible désastre, y vit tout de suite un miracle, et la légende rapporte que ce fut là le châtiment des crimes des habitants. Un sieur Jacques Bonivard venait de déposséder par la force les moines du prieuré de Granier. Installé dans sa conquète, avec ses familiers et ses amis, il fêtait ce soir-là par un splendide festin le succès de ses rapines, tandis que les pauvres moines dépossédés, réfugiés à Myans, imploraient la miséricorde divine. L'écrasement le surprit au milieu de son coupable triomphe, et la tradition veut qu'on ait entendu les voix des démons poussant les quartiers de rocs, s'écriant qu'ils étaient arrêtés à Myans par la Sainte-Vierge. La croyance au miracle alla en s'affermissant à mesure que l'on put se rendre compte de l'immensité du désastre. Un sanctuaire plus riche et plus imposant fut érigé sur les lieux pour perpétuer le souvenir de cet évènement ; et aujourd'hui encore, de la gare des Marches, le voyageur distingue sur un petit coteau la chapelle de Notre-Dame de Myans, surmontée d'une statue dorée de la Vierge, où chaque année, au 8 septembre, jour de la Nativité de Marie, les populations environnantes accourent en pélerinage.

Le Granier depuis lors présente sur cette face un immense escarpement de plus de mille mètres d'élévation, et d'où certains lambeaux paraissent encore prêts à se détacher. Quant aux pentes jadis fertiles de la montagne, recouvertes de pierres et de débris, elles formèrent longtemps un affreux désert, connu sous le nom d'*Abîmes de Myans*. Puis peu à peu la première horreur de la catastrophe s'étant effacée, les hommes revinrent dans ces rocailles, et ne pouvant les déblayer, profitèrent de leur situation pour y planter des vignes qui donnent un vin très-estimé. Aujourd'hui ces monticules, parsemés de petits lacs, gardent encore la physionomie de l'accident, et la situation de l'église de Myans, élevée sur un petit coteau, ainsi que son éloignement du lieu de l'effondrement, expliquent assez à l'esprit rationaliste de notre siècle le miracle qui préserva la chapelle.

Groupés sur la pyramide qui semble, sur ce promontoire hardi, suspendue dans l'espace, nos camarades écoutent avec recueillement les guides racontant la légende, et je m'empresse de les photographier dans cette attitude attentive. Puis on s'occupe de jouir de la vue, et une véritable artillerie de lorgnettes et de longue-vues se braque sur l'horizon.

Ce spectacle grandiose serait plus intéressant si l'on pouvait s'en rendre un compte plus exact, et si l'on connaissait chacune des cimes qui s'étalent si complaisamment sous les yeux. On me prie d'en faire la nomenclature. Je tire de mon sac les cartes de la région, tandis que, sur un sac en guise de tambour, mon camarade Martin exécute trois roulements pour annoncer

le boniment : un pied d'appareil photographique me sert
de baguette, et sur la splendide toile que déploie la nature, en présence de la plus grande foule qu'ait jamais
vue le plateau du Granier, je commence ma description
des pics.

A tout seigneur tout honneur. Au Nord-Est, c'est le
géant des Alpes, le Mont-Blanc, qui nous montre son
versant Italien, au-dessus de la vallée de Beaufort. En
descendant vers le Sud on rencontre bien vite les grandes cimes de la Tarentaise, le Mont-Pourri, le Grand
Bec, la Grande Casse, les dômes de Chasseforêt et les
Aiguilles de Péclet et de Polset. Sous cette dentelure
blanche, le Grand Arc, la Dent du Corbeau, le Mont-
Bellachat, le Cheval Noir, etc., se détachent en brun, séparant la Maurienne de la Tarentaise. Puis viennent les
pics du massif d'Allevard, le Pra Cratière, le Clocher
du Frêne, le Charnier, le Gleyzin, Puy Gris, le Bec d'Aiguille et les cimes des sept Laux. On distingue les Aiguilles d'Arve. Au-dessus du Pas de la Coche, les Grandes Rousses étalent leurs majestueux glaciers, puis le
massif de Belledonne précède les pics de l'Oisans :
voici la Medje, la Barre des Ecrins, le Pelvoux, la Mu-
zelle, l'Olan, etc. Au Sud, notre plateau s'étend jusqu'aux prairies de l'Arpette, puis on voit le corridor de
l'Aut-du-Scieu, la Dent de Crolles, etc. Plus à l'Ouest,
nous dominons tout le massif de la Chartreuse. Entre
Chamechaude et la Pinéa, le col de Porte nous laisse
voir les montagnes du Villard de Lans. Ici c'est le Grand
Som, au-dessus de St-Pierre d'Entremont, la Grande
Lure, le Mont-Ottreran. Dans le lointain on distingue le
Rhône et les plaines du Lyonnais. Au Nord, le regard
passant par-dessus la Dent du Chat et le lac du Bourget
va scruter jusqu'aux monts du Jura, et le tableau se termine par les Beauges et la plaine de Chambéry à nos
pieds.

Trois nouveaux roulements annoncent la fin de la harangue, et chacun, en remerciement, tend sa gourde à l'orateur.

Puis, quand on est bien rassasié de contemplation, quand on a bien savouré le plaisir acquis par l'escalade et bien honni les camarades qui ont *renaclé,* comme nous voulons arriver au chemin de fer de façon à regagner cette nuit nos foyers, à midi et demi nous nous remettons en route.

Deux chemins conduisent du Signal du Granier au Pas de la Porte. L'un traverse presque en droite ligne le plateau crevassé ; l'autre le contourne par un grand demi-cercle. Le premier n'est pas tracé, il faudrait passer en équilibristes sur des arêtes de lapiaz, et je crains d'y aventurer la caravane dont quelques membres ont des chaussures insuffisantes, et dont il ne faut pas surmener l'énergie. J'opte donc pour le détour, qui d'ailleurs doit nous faire passer auprès d'une fontaine, et nous voilà suivant les crêtes pour parcourir tout le plateau. La source est tarie, ou plutôt elle n'est pas encore rétablie : il faut recourir à un peu de neige fondue pour nous rafraîchir. Mais sur un passage de lapiaz, je ne prends pas assez à gauche, et l'impatience de trouver le défilé me fait arriver trop tôt au bord oriental du plateau. Deux tentatives successives n'aboutissent pas. Cependant les alpinistes ne montrent ni fatigue ni découragement, et après une traversée de monticules un peu pénible, à 2 h. je reconnais devant moi l'entrée du Pas de la Porte.

Ici nous congédions Bourgeois et ses concitoyens auxiliaires, et après avoir achevé de vider ensemble les sacs et les gourdes, chacun reprend ses bagages, et n'ayant plus avec nous que le porteur du Touvet, qu'il s'agit de rapatrier, nous prenons le chemin de la descente. Après un petit entonnoir de gazon, on trouve sur la gauche une

corniche inclinée par laquelle on franchit sans peine la
redoutable ceinture d'escarpements qui entoure de toutes parts la forteresse du Granier. C'est sur cette corniche que les bergers mettent une claie pour fermer en
été le passage aux bestiaux qu'ils abandonnent sur la
montagne, d'où le nom de Pas de la Porte.

Après la corniche, le chemin, très-raide, traverse une
région de bois taillis, puis arrive dans la grande et belle
forêt qui tapisse toute cette face de la montagne.

Sous ces beaux ombrages, il n'y a plus de chemin,
pour ainsi dire. Quoique la pente soit assez forte, le sol
d'humus et d'aiguilles de sapins est si meuble et si
doux aux pieds, que chacun descend à sa guise, et comme
la montagne ne présente aucune déchirure, on est toujours sûr d'arriver au bas en bon port. Tout en descendant, nous tenons conseil. Les Lyonnais veulent gagner
la gare des Marches, pour y prendre ce soir le train de
Culoz qui les déposera dans la nuit à Lyon. Martin et
moi, au contraire, nous devons descendre sur Chapareillan pour arriver à Pontcharra et y trouver le chemin
de fer qui nous amènera ce soir à Grenoble. Il s'agit
donc de se bien diriger. Je fais incliner à gauche, et
vers la fin de la forêt, nous arrivons à un petit promontoire dit le *Belvéder* de la forêt, où il faut se séparer.

Le chemin de droite se dirige vers Bellecombe et
Chapareillan, celui de gauche va traverser les Abymes
de Myans pour gagner les Marches. Toute la caravane
se rassemble, les dernières gouttes de liqueur sont hu-
mées en commun, puis on se souhaite réciproquement
bon voyage et heureuse arrivée. Nous serrons la main
à ces amis d'un jour, de Chavannes, Pommateau, Pas-
teur, Collomb, Courbet, Tournus, etc., avec qui nous
étions déjà si liés, et que nous ne reverrons peut-être
jamais, et nous les regardons s'éloigner rapidement à
travers les taillis dans la direction du Nord.

Suivis alors du seul porteur du Touvet, Martin et moi, nous nous lançons dans le chemin caillouteux et quelque peu raviné qui descend sur Bellecombe ; puis, arrivés aux cultures et près de ce village, l'homme nous quitte pour se diriger vers la terrasse de St-Marcel et regagner au plus tôt sa maison.

Encore quelques pas, et après avoir traversé Bellecombe, descendant par un sentier sous les châtaigneraies, nous arrivons à 4 h. 50 m. à Chapareillan et nous débarquons au restaurant Ploussu. Là, l'excellente hôtesse a pour nous les soins les plus empressés. Pendant que nous procédons à une toilette bien nécessaire après cette marche un peu forcée, elle répare les solutions de continuité qui se sont ouvertes çà et là dans nos vêtements ; puis, reposés et rafraîchis, nous nous asseyons devant un bon repas servi avec cordialité.

A 5 h. 50 m. le bruit du fouet et des grelots nous apprend que la voiture est attelée, et le conducteur, vieux brave décoré de la Légion d'honneur, vient nous appeler. Nous prenons congé de la bonne Mme Ploussu et de sa charmante fille, et bientôt nous voilà filant au grand trot sur la route de Chapareillan à Pontcharra. Le soleil est encore resplendissant, et ses rayons se jouent à travers les grands arbres. En face, les montagnes que nous admirions presque de près tout à l'heure scintillent dans leurs blanches neiges, et tout respire le printemps et l'épanouissement de la nature. Après un assez long ruban à travers la plaine, on atteint la digue. Puis, auprès du Fort Barraux, nous traversons l'Isère et nous débarquons bientôt dans la gare de Pontcharra.

La fatigue peut maintenant se faire sentir : nous n'avons plus rien à faire, et ce sera le rôle de ce monstre aux yeux de feu qui va arriver tout à l'heure et nous emporter ce soir jusque dans nos foyers. Le soleil se cache derrière l'Aut-de-Scieu, et le silence du soir se répand

peu à peu sur la campagne. La gare se remplit de promeneurs qui veulent aussi rentrer en ville ce soir pour
reprendre après deux jours de congé la tâche quoti-
dienne. Voici le train : chacun se case, et le sifflet du
chef de gare rend la main à notre cheval de fer.

Sous les étoiles d'une belle soirée, Martin et moi,
nous regagnons nos pénates, songeant aux collègues
lyonnais qui n'auraient peut-être eu que bien juste le
temps d'arriver à leur gare. Notre joie n'est point bruy-
ante, mais nous sommes heureux de ce bonheur silen-
cieux et doux qui couronne les beaux jours, et quand,
auprès de nos demeures respectives, nous nous serrons la
main, c'est presque avec attendrissement que nous nous
souhaitons le bonsoir.

A d'aussi charmantes promenades en effet ne succède
pas l'excitation fiévreuse des grandes courses et des dangers heureusement bravés. L'âme est satisfaite, le corps
n'est point trop las, et toutes les dispositions à la rêverie
se trouvent seules mises en mouvement. Bonheur des
vrais Clubistes, distraction dans les peines et soucis de
la vie, la montagne élève l'esprit en même temps que le
corps, et vous met en réserve de bien douces jouis-
sances. Malheureux sont ceux qui ne les peuvent goû-
ter, et si nous ne voulons point être égoïstes, notre devoir est de ne point garder pour nous seuls nos impressions et nos joies, mais de les décrire, de les vanter
à tous pour tâcher de faire des néophytes et d'éveiller
dans le cœur de nos amis le désir d'en essayer à leur
tour. Mais pour le débutant il ne faut pas que l'a-
mour-propre le lance tout de suite à l'assaut des grands
pics : il y trouvera des dangers que son inexpérience
pourra rendre sérieux, il y trouvera surtout des fatigues
qui lui paraîtront bien supérieures au plaisir et le rebu-
teront d'emblée. Qu'il vienne dans ces riantes montagnes de la Chartreuse, qu'il parcoure ces verdoyants

pâturages, ces forêts aux sapins séculaires, ces rochers aux arêtes arrondies ! En présence de ces tableaux gracieux, achetés par si peu de peine, il se sentira l'âme rafraîchie et reposée, et son cœur s'ouvrira peu à peu à la douce impression de notre génie familier, le génie des belles montagnes.

H. FERRAND,
Membre de la section Genevoise du C. A. S.

LES SOURCES DU GUIERS-VIF

ET LE

COL DE VALEFROIDE

Extrait de l'*Echo des Alpes*. — N° 3. 1882.

Les efforts déployés par les Sociétés alpines n'ont pas été stériles, et le goût des montagnes s'est considérablement développé en France depuis ces dernières années. Plus de huit jours avant la fête, et en dépit des réjouissances que la Société de gymnastique et le Vélo-Club organisaient pour le dimanche et le lundi de la Pentecôte, il n'était question dans Grenoble que des projets d'excursion qui allaient disperser les citadins dans les monts d'alentour. Pour moi, j'étais bien décidé à visiter encore le massif de la Chartreuse, mais je n'avais ni compagnons retenus, ni projet bien arrêté, m'en remettant au hasard des heureuses rencontres pour déterminer au dernier moment mon itinéraire.

A 6 h. du matin je prenais, en compagnie de bien d'autres curieux du grand air, la diligence de la Grande Chartreuse, où j'arrivais à 11 h. 15 m. au milieu d'un paysage bien connu et toujours ravissant. Renseignement précieux : la diligence qui conduit maintenant de Grenoble à la Grande Chartreuse par la nouvelle route du Sappey, partie aussi à 6 h., arrivait en même temps que nous. Les deux voitures repartent du couvent à 3 h., et il n'est rien de plus facile aux faibles et aux mauvais marcheurs que de faire ainsi en un jour, dans de commodes voitures dites trains-de-plaisir, la traversée du massif, montant par le Sappey et descendant par St-Laurent-du-Pont, ou vice-versà.

A la Grande Chartreuse (977ᵐ), l'affluence est énorme. Le monastère regorge de visiteurs, la prairie qui l'entoure est pleine de monde, les montagnes retentissent des cris joyeux de touristes enivrés d'air et de liberté, et le vénérable frère Gérasyme nous déclare avec regret qu'il lui serait impossible de donner l'hospitalité à un promeneur de plus. A l'Hospice des Dames l'encombrement n'est pas moins grand. Cette constatation semble causer grand émoi à mes compagnons de voiture; pour moi, qui ai l'intention de pousser plus loin, elle ne m'atteint guère, et je m'occupe d'examiner les affamés dont le va et vient se bouscule dans l'immense réfectoire.

Au milieu de ces visages inconnus, je découvre un petit clan de Grenoblois; la conversation s'engage bientôt, et ces messieurs, venus avec leurs femmes dans l'intention de monter au Grand Som, se plaignent de ne point trouver de guides. Voilà l'occasion cherchée et le but désigné. Ce sera bien au moins ma douzième ascension, mais je m'offre à conduire la caravane, et à 1 h. 30 m. nous rejoignions ces dames au devant du couvent et nous nous mettions en marche. De l'ascension déjà si souvent décrite je ne dirai rien; mais, jusqu'au sommet du pic, nous rencontràmes une véritable procession de grimpeurs des deux sexes qui revenaient. Nous parvînmes au Signal (2,033ᵐ) à 5 h. 30 m., juste à point pour voir l'admirable panorama qui se déploie autour de ce belvédère... disparaître dans une mer de brouillards. Un peu de repos pour nos compagnes qui ont montré une grande bravoure et qui n'en sont guère récompensées; puis, à 6 h., il faut songer au retour. A la descente, comme à la montée, nous suivons le chemin de la corniche, assez dégarni de neige, et à 6 h. 30 m. nous nous retrouvons à la source du Col de Bovinant. Là, ces dames insistent pour me faire partager une copieuse collation ; elles sont vraiment trop gracieuses pour refuser, et ce n'est qu'à 7 h. 15 m. que nous nous séparons, car mon dessein n'est pas de rentrer à la Chartreuse.

Il est 7 h. 30 m., et la nuit commence quand je pénètre seul dans la sombre forêt des Eparres. Le chemin est un peu accidenté, mais il faut se presser, et c'est à une haute allure que je traverse le sauvage défilé. Il est 8 h. 30 m., et la nuit est tout à fait venue quand j'arrive au vieux château d'Entremont. En face resplendit la sinistre clarté d'un incendie, et ici les villageois se pressent, regardant sans pouvoir porter secours. Du moins cela me permet de trouver facilement, dans la foule, un porteur qui me soulage de mon sac, et j'arrive sans trop de fatigue, à 9 h., à St-Pierre-d'Entremont (640^m).

Hélas ! comme le couvent, l'auberge Mollard est prise d'assaut, et l'hôte ne sait à qui entendre. Heureusement, je suis un vieux client : la bonne Mme Mollard m'a bientôt préparé un petit souper et des provisions pour le lendemain, et son mari me trouve un lit dans le village.

C'est le cas maintenant de fixer mon itinéraire de retour, car, de ce point central, je puis rayonner dans dix directions différentes pour gagner Chambéry ou les diverses stations du chemin de fer qui relie cette ville à Grenoble. Il faut réserver la visite des Trous et de la gorge de Couz pour un temps pluvieux ; le col de Lélia n'a rien qui m'y rappelle ; le col du Frêne est trop facile ; le Granier me donna passage il y a deux ans. Je me décide pour le col de Valefroide qui me présentera une fort belle vue sur la grande chaîne des Alpes et qui me permet de faire un détour jusqu'aux sources du Guiers-Vif, que je n'ai pas revues depuis une dizaine d'années. Mon guide ordinaire, Joseph Bourgeois, est retenu par de plus lestes; j'enrôle donc un porteur, puis, au travers du village en joie et des touristes en gaîté, je vais chercher le lit que Mollard m'a procuré. Le lit se trouve, non sans peine; mais, hélas! il est fait de feuilles; c'est propre et sain tant que vous voudrez, mais quand on n'en a pas l'habitude, il n'y a pas moyen d'y dormir, car tout craque au moindre mouvement. C'est donc après une assez mauvaise nuit que le 29 mai j'ouvrais les yeux aux premières lueurs de l'aube. A 5 h. je suis chez Mollard; mais de porteur, point. J'ai le regret de voir partir les touristes dans toutes les directions pendant que je me consume dans la vaine attente de mon porteur. A 5 h. 45 m. je perds patience, j'en enrôle un autre et je pars à 6 h., au moment où mon drôle, que de nombreuses libations avaient trop endormi, arrivait en toute hâte.

Deux caravanes sont parties avant moi pour le col de Valefroide. L'une, composée de trois dames de Grenoble, sous l'escorte d'un jeune homme de mes amis, leur fils, frère et cousin, est guidée par Bourgeois et accompagnée d'un mulet destiné à hisser jusqu'au col les membres les plus faibles de l'expédition; l'autre, composée de cinq collègues lyonnais, est aussi accompagnée d'un mulet de secours qui porte les sacs et les vivres. Toutes deux prennent, au sortir de St-Pierre-d'Entremont, la montée qui, par les coteaux de Varval, va les amener, en pente douce, au pied des rochers du col. Pour moi, je m'éloigne en suivant la large route horizontale qui conduit à St-Même. Nous remontons le Guiers qui, près d'un moulin, se permet une fort belle cascade pittoresquement encadrée par des sapins moussus. Il est malheureusement de trop bonne heure pour essayer d'en prendre une vue; le temps est chaud et lourd, et le ciel couvert ne nous présage rien de bon.

En une demi-heure d'un trajet assez pittoresque, et dans lequel on s'enfonce de plus en plus entre deux coteaux, on arrive à St-Même (823ᵐ), petit village situé sur la rive de Savoie, et presque sous les rochers de l'Aut-du-Scieu et de l'Alpette, qui se dressent à plus de 1,000ᵐ au-dessus de lui. Là, la gorge s'élargit, le passage devient plus ouvert, et il semble que l'on est à l'origine d'un ancien lac qui aurait été jadis le commencement du Guiers. Le cirque qui vous entoure est à la fois riant et sévère, avec ses forêts de toutes essences s'élançant jusqu'aux rochers, et dans le fond on aperçoit les cascades par lesquelles le Guiers-Vif s'échappe en bondissant de ses sources. Sous le gai soleil qui commence à percer les nuages, c'est là un ravissant tableau qui n'a besoin que d'être plus connu pour être plus visité. Au bas, les cultures de St-Même s'étalent dans le bassin de la vallée ; les premières pentes sont tapissées de verdure, de bois ensoleillés qui cèdent bientôt la place aux tons noirs des sapins. En haut, une ceinture de rochers permet encore à quelques sapins de gravir son majestueux escarpement, et, par-dessus tout, les pâturages de l'Aut-du-Scieu viennent épancher, de ci, de là, une échappée de verdure à côté de la haute pointe de l'Anche du Guiers.

De St-Même, deux chemins peuvent conduire vers les grottes d'où s'échappe le Guiers-Vif; l'un suit la rive gauche, la rive dauphinoise, dite naguère encore la rive française, jusqu'au dessus de la seconde cascade. L'autre, plus commode, et récemment retracé par les soins de la mairie de St-Pierre-d'Entremont (Savoie), suit la rive droite, sur la terre savoyarde. Il donne plus facilement la vue d'ensemble des cascades, et c'est ce qui me détermine à le suivre. Le chemin garde encore, au delà de St-Même, une pente presque nulle ; du haut d'un rocher éboulé de l'Alpette, je prends une vue des cascades, puis le sentier commence à s'élever en lacets au travers d'un bois taillis (7 h.). Le deuxième lacet arrive sur une sorte de redan qui commande la grande cascade ; je me hâte d'y installer l'appareil pour photographier ce magnifique coup d'œil du Guiers s'élançant d'un jet dans le vide au milieu d'une puissante végétation. Le sentier continue à s'élever en lacets commodes, mais bientôt il arrive à un pas difficile; les terres ont glissé et laissent un couloir rapide de 10ᵐ à 12ᵐ de largeur; quelques précautions suppléent à l'assiette du sol, et l'on se retrouve bientôt de l'autre côté, sur le sentier; on arrive au-dessus de la seconde cascade, puis, après un petit pierrier, on aborde les rochers. Le sentier suit les corniches et s'accroche aux balmes; en certains endroits la pierre a été entaillée pour permettre aux pieds de se poser. On arrive sous un rocher curieusement surplombant qui permettrait de se mettre à l'abri en cas d'orage; puis on gravit encore un escarpement un peu difficile et l'on atteint enfin la dernière corniche. Le sentier redescend un peu dans la direction du sud, puis, subitement, au contour d'un rocher, il arrive sur une sorte de selle devant l'entrée des grottes.

Malgré les récentes réparations dont j'ai parlé ci-dessus, cette dernière partie du trajet serait malheureusement impraticable pour qui craindrait le vertige. Rien de moins banal que cette entrée de grottes qui s'ouvre, d'après mon baromètre, à l'altitude de 1,160ᵐ environ, et où nous parvenons à 7 h. 50 m., avec tous les arrêts de la photographie. De nouveau l'appareil est dressé, et, dans ce repli obscur où pénètre peu de lumière, il me faut deux minutes de pose à pleine ouverture pour obtenir un cliché convenable. On se trouve sur une sorte d'arête de prairie en forme de selle et très étroite : du côté de la plaine, une courte pente conduit aux escarpements par où se précipitent les cascades. Du côté de la grotte, un trou profond de 6ᵐ à 7ᵐ s'ouvre verticalement sous vos pieds; jadis un sapin ébranché en facilitait la descente; aujourd'hui des entailles ont été pratiquées dans le rocher. Ce trou est rempli de blocs éboulés qui laissent passer le peu d'eau qui sort par cette grotte ; le principal volume du Guiers sort par une grotte inférieure, d'un accès fort difficile et peu intéressant. De l'autre côté du trou, on remonte par des rochers inclinés, couverts de mousse verdâtre et visqueuse, puis on arrive à l'orifice de la caverne qui s'ouvre au fond d'une immense niche ogivale taillée dans la grande paroi de l'escarpement. Bientôt une sorte de grand pilier divise la grotte en deux galeries.

Quand on est muni de torches, ou, qui mieux est, de lanternes à puissants réflecteurs, c'est une promenade fort curieuse que celle qu'on peut faire ainsi dans les entrailles de la montagne. Le trajet ordinaire qui constitue la visite des sources se fait facilement, sans être obligé de ramper, ni de se mettre sur les genoux comme dans la plupart de nos grottes, et la voûte de l'artère principale est ici toujours élevée de 5^m à 6^m au moins. On prend d'ordinaire la galerie de droite, et en une demi-heure environ on arrive à une nappe d'eau souterraine, vaste réservoir qui s'enfonce sous la montagne et auquel viennent sans doute aboutir toutes les infiltrations de ces rochers fendillés qui constituent la grande chaîne de l'Aut-du-Scieu. De là, on incline alors à gauche et l'on arrive dans le Grand Salon, vaste évasement de la caverne dont la voûte s'élève à des hauteurs prodigieuses. Les feux de bengale permettent seuls d'en éclairer les gigantesques dimensions, et des chandelles romaines trouvent çà et là dans le plafond des fissures communiquant avec des grottes supérieures, car elles ne retombent pas toujours. Du Grand Salon on revient à l'entrée par une galerie qui dure environ dix minutes, et l'on ressort par le couloir qui se présentait à gauche tout à l'heure, après une promenade souterraine d'environ une heure.

Cette excursion classique pourrait être amplement et longuement variée, car à droite et à gauche on voit s'ouvrir, à diverses hauteurs, dans la paroi, des galeries secondaires généralement inexplorées. Peut-être les grottes du Guiers-Vif communiquent-elles ainsi, par de longs boyaux souterrains, avec les grottes du Guiers-Mort, près de Perquelin, et celles du Trou du Glas, dans la Dent de Crolles ; en tous cas, le vent assez violent qui y règne fait croire aux gens du pays que des fissures ouvertes communiquent avec le plateau de l'Aut-du-Scieu et ont même un orifice dans le grand escarpement qui domine la plaine du Graisivaudan, au-dessus du Touvet.

A 9 h. je quitte la selle de l'entrée pour reprendre le sentier. De la corniche que nous suivons, on pourrait s'élever par une pente rapide jusqu'au pied de la paroi supérieure. Là on trouve une cheminée qui conduit en peu de temps aux pâturages de l'Aut-du-Scieu. Jadis assez dangereux pour avoir mérité le nom expressif de Pas de la Mort, elle a été améliorée par les gardes forestiers, et sa traversée n'est plus un exploit. Mais ce n'est point ma direction, et je reprends tout simplement le même chemin qu'à la montée; à 9 h. 30 m. je suis au bas du sentier au niveau de la plaine et, en quelques pas, nous trouvons un coin ombragé auprès d'un clair ruisseau, où nous nous installons pour déjeuner.

A 10 h., la collation est terminée, et, revenant vers St-Même, nous arrivons bientôt à un petit chemin qui remonte pour rejoindre le grand chemin de Valefroide, par le Varvat. La seconde partie de l'excursion commence, et, sous la chaleur étouffante d'un ciel orageux, elle s'annonce pénible. Le chemin, dont la pente est rapide, entre bientôt sous bois, et à 10 h. 50 m. nous rejoignons, à 1,140^m environ d'altitude, le chemin des mulets où ont passé les deux caravanes de ce matin. En quelques minutes, nous arrivons à une avancée qui domine la plaine de St-Même et le cirque des sources du Guiers, dont je prends une nouvelle vue. Le chemin continue à s'élever en contournant le pied des grands rochers de l'Alpette, que la carte de l'Etat Major appelle Roche de Titta. En face, le regard commence à pénétrer dans le berceau de l'Aut-du-Scieu et à parcourir les plateaux rocheux parsemés de sapins qui entourent les haberts de Marcieu. Quoique le sentier soit généralement bien tracé, un peu d'attention est nécessaire pour éviter d'abord un chemin à gauche qui vous mènerait au pied des rochers, puis, plus loin, à droite, le sentier du Tracarta, qui vous conduirait aux haberts de Marcieu et à l'Aut-du-Scieu. Bientôt il pénètre, à l'est, dans une sorte de gorge rocheuse et boisée, où il devient plus rapide ; on a dépassé successivement deux petites sources, dont l'une est captée en abreuvoir pour désaltérer les bestiaux, puis, après un petit *raidillon,* presque taillé dans le roc, on sort de la forêt et on arrive au plateau supérieur. Ce sont d'abord deux clairières de peu d'étendue entre des roches fendillées, puis, à midi, nous sommes à l'entrée du premier cirque de Valefroide (1,450ᵐ environ).

Le coup d'œil ici est ravissant. On a sous ses pieds une grande prairie, presque circulaire et parfaitement horizontale, présentant tous les caractères d'un ancien lac. Tout autour, la roche fendillée et parsemée de sapins et de plaques de gazon, s'élève en amphithéâtre ; en face de nous, elle forme une sorte de défilé montant, au delà duquel on aperçoit le dernier pâturage et la vaste échancrure des prairies qui forme le col de Valefroide. En ce moment, les caravanes qui nous ont précédé atteignent le sommet du col, et on les voit se profiler sur le ciel.

Le cirque est bientôt traversé, puis nous nous engageons dans le défilé rocheux et nous nous élevons péniblement en gardant toujours la droite. Je dis péniblement, quoiqu'on ait toujours un bon sentier sous les pieds, mais la chaleur était tellement accablante, on respirait si difficilement dans ce corridor où le soleil dardait tous ses feux, que nous étions obligés de nous arrêter tous les vingt pas, comme si nous eussions subi l'atteinte du fameux mal des montagnes. Enfin nous débouchons dans un pâturage, et à 1 h. nous sommes au chalet des bergers de moutons. De là, en quelques pas, nous arrivons à l'abreuvoir, où nous rencontrons Bourgeois et le muletier qui viennent de quitter leurs voyageurs sur le col. Nous nous arrêtons autour de la source et nous procédons à une légère collation avec le reste de nos provisions.

Bourgeois remonte alors avec nous et nous atteignons le col à 1 h. 30 m. Sur le col même, où passait jadis la frontière entre la France et la Savoie, se trouve une grosse pierre qui porte d'un côté, en bas-relief, la croix de Savoie, et de l'autre le lys de la maison de France. De cette échancrure, qui s'ouvre à 1,800^m environ d'altitude, dans la longue muraille calcaire de l'Aut-de-Scieu et de l'Alpette, on découvre une vue magnifique sur la vallée du Graisivaudan et sur la grande chaîne des Alpes, mais, pour le moment, une légère brume estompait d'un ton gris uniforme tout le panorama, qui nous apparaissait comme au travers d'un voile de mousseline.

Vers le nord-est, au-dessus des Beauges, se dresse le grand Mont-Blanc, qui semble se fondre dans un lointain vaporeux; après, les dentelures qui séparent la Maurienne de la Tarentaise, les Alpes dauphinoises commencent à la Roche de St-Hugon; voici les crêtes d'Arpingon, le Grand Miceau, le Grand Charnier qui se confond avec le Clocher du Frêne, le col du Merlet, le Gleyzin, la pointe du Grand Glacier, Puy-Gris, les crêtes de Valloire, le Bec d'Arguille, la Combe Madame, les rochers d'Argentière, puis les montagnes des Sept Laux. Au-dessus de la vallée des Sept Laux, apparaissent l'Etendard et les cimes des Rousses ; la Belle Etoile se montre au premier plan, bientôt accompagnée du massif de Belledonne que domine le Grand Pic, et les croupes de Chamrousse viennent se perdre dans la masse de Taillefer.

La photographie reproduit de tout cet horizon une image voilée comme la réalité même. Mais l'heure s'avance, et il faut songer au départ. Je me sépare de Bourgeois et de mon porteur qui vont regagner ensemble St-Pierre-d'Entremont, et désormais, chargé de tout mon bagage, je commence à 2 h. la descente du col de Valefroide.

Une haute cheminée, dans laquelle serpente le chemin, franchit le grand escarpement ; puis, en dessous (2 h. 30 m.), au lieu de suivre le sentier qui remonte vers le nord, pour aller chercher des pentes plus douces, je prends bientôt à droite une sorte de *draie,* par laquelle je *dévale* rapidement. A 2 h. 45 m. j'arrive à une source et à un petit chalet dans une maigre prairie et sur la lisière du bois qui tapisse ce versant de la montagne. Un autre couloir me permet de traverser ce bois par la voie la plus rapide, et à 3 h. j'atteins les plus hautes cultures. De là, plus souvent à travers champs qu'en suivant les chemins, je descends en une demi-heure au hameau des Prés, dépendance de St-Georges (1,000ᵐ d'altitude environ).

Dans ce joli petit village, assis sur la première terrasse qui règne tout au long de la chaîne, je m'adjuge un peu de repos et je cherche un porteur qui veuille bien m'accompagner jusqu'à la plaine, en me soulageant de mon sac. Un villageois qui bine ses pommes de terre refuse cet honneur d'un air si digne que je le croirais volontiers maire de son village. Sous un bosquet d'arbres s'élèvent des voix pressées, mais ce sont des femmes rieuses et babillardes occupées à la couture des gants. En conscience, je ne puis leur offrir mon fardeau. Heureusement, voici un jeune homme qui conduit un attelage; il consent à quitter ses bœufs, et, suivi de ce robuste compagnon, je prends, à 4 h., le grand chemin qui descend à la plaine.

La route fait de grands lacets dans la seconde zone de bois. A 4 h. 30 m. nous arrivons aux premiers champs cultivés qui s'essaient à gravir le coteau. Le chemin traverse un assez large mamelon fertile, puis encore une courte descente, et nous entrons, à 5 h., à la Buissière. Cette fois me voilà dans la plaine, et je touche à la fin de ma promenade.

A la Buissière je me sépare de mon dernier porteur qui m'a été si utile pour descendre la terrasse de St-Georges, et après une halte d'une demi-heure, consacrée à des rafraîchissements bien mérités, je gagne, en vingt minutes, et par une bonne route, la gare du Cheylas.

J'y suis à peine depuis quelques instants qu'arrive la première caravane partie ce matin pour Valefroide. Ces dames sont bien un peu lasses, mais enchantées de leur excursion. A partir des Prés, elles on fait sur la droite jusque près du Touvet un malencontreux crochet qui m'a permis de les devancer. Quant à la caravane des Lyonnais, elle a bravement poussé jusqu'au Touvet, et nous la trouverons à la gare de Goncelin. Effectivement, lorsqu'à 6 h. 30 m. le train nous emporte vers Grenoble, nous recueillons à Goncelin les collègues lyonnais de Valefroide, et bien d'autres qui sortent de toutes les gorges des montagnes.

Le congé des fêtes de la Pentecôte est terminé, une belle journée de printemps s'achève, chaude et lumineuse, et les voyageurs qui ont aspiré l'air de la campagne pendant ces jours de liberté, se pressent pour regagner la ville. Aux dernières stations le convoi ne peut donner place à tous ceux qui l'attendent, et c'est au milieu d'un concert de malédictions des promeneurs désappointés que nous franchissons les gares de Lancey, de Domène et de Gières. Un peu plus tard, nous avions regagné nos foyers, après avoir ainsi traversé d'un bout à l'autre, par un itinéraire aussi gracieux que pittoresque, le beau massif des montagnes de la Chartreuse.

H. FERRAND,
Membre de la Section genevoise.

CHARMANT-SOM[1]

Extrait de l'*Echo des Alpes*. — N° 3. 1883.

Le 25 août le temps était fort beau, et je disposais de deux jours de liberté. Ce n'était pas le cas de les passer au café ou dans mon cabinet; mais que faire de deux jours? Ce n'était point assez pour exécuter quelqu'un de mes projets dans les montagnes de l'Oisans, ni même dans le massif d'Allevard, encore moins pour aller visiter quelqu'une de ces belles cimes de la Maurienne ou de la Tarentaise, auxquelles, malgré ma prédilection, je suis infidèle depuis quatre ans. Mais, à Grenoble, peut-on être embarrassé pour faire une courte excursion? Est-ce que les montagnes de la Chartreuse ne se trouvent pas à votre porte, pour vous permettre une promenade aussi intéressante et aussi variée que vous pourrez le souhaiter? Contraint donc de retourner dans les chères montagnes auxquelles mon enfance bornait son ambition, et heureux de cette contrainte, j'eus bientôt fait de me tracer le plan d'une nouvelle traversée. Au fait, était-ce bien une traversée? Oui, car j'ai pénétré par un point dans le massif et en suis sorti par un autre; non, car mon itinéraire figure plutôt un 8 qu'une ligne droite. Au reste, mes lecteurs vont en juger.

Une fois ma détermination prise, je convoquai deux de mes vieux compagnons, toujours prêts à me suivre au gré de ma fantaisie, jamais fatigués, jamais grincheux :

[1] 1,871ᵐ.

mon alpenstock et mon appareil photographique, et en
leur compagnie, je me casai sur la voiture qui devait,
par Voreppe et St-Laurent-du-Pont, nous transporter à
la Grande-Chartreuse. Fi donc! vont dire quelques collègues, un Alpiniste en diligence! Eh! oui, ma foi! Je
confesse volontiers ma profonde horreur pour la grande
route, et quarante-quatre kilomètres de *ruban*, sac au
dos et soleil dardant, auraient bientôt raison de mon
entrain. J'ai d'ailleurs mes moments où j'appartiens à
l'école des flâneurs, et où je trouve qu'un beau paysage
n'est pas plus laid pour être admiré commodément dans
un char qui monte lentement à raison de la pente, que
vous pouvez rattraper à pied après un moment de contemplation devant un site spécial, et où vous trouvez souvent des compagnons novices dont l'enthousiasme naïf a
parfois des expressions originales et saisissantes. Enfin,
dussent les plus *féroces* Clubistes me honnir, nous nous
fîmes voiturer jusqu'au monastère.

A 11 h. 30 m., quand on est en route... non, en omnibus
depuis le matin, l'estomac a quelques exigences. Nous
avalons donc la maigre pitance que les Chartreux hospi-
taliers, mais sévères, imposent à leurs visiteurs, puis, à
1 h., nous prenons notre envolée dans les bois.

Mon but, pour cette première journée, était de parcourir la région qui s'étend au nord-ouest de la Chartreuse, région que n'abordent jamais les itinéraires connus.
J'allais donc un peu à la découverte, mais un entretien
sérieux avec un vieux garde avait assez bien précisé mes
idées. En quittant le couvent, nous pénétrâmes dans la
forêt par une belle route qui, partant de l'Hospice des
Dames, se dirige tout droit vers le nord. En quelques
enjambées, on côtoie le grand vivier des Chartreux, puis
un peu plus loin on arrive au site bien connu de la chapelle de Notre-Dame de Casalibus. Encore quelques pas,
et au-dessus d'un rocher moussu apparaît la chapelle

de St-Bruno. Ici, la route de tout à l'heure n'est plus qu'un bon chemin de montagne, la pente de la forêt s'accélère, et en vingt minutes on atteint, au sortir du bois, les chalets de la Vacherie. Dans la prairie, on est un peu plus indiscipliné, aussi les chemins s'y perdent, et les touristes s'y essoufflent. Il faut dix minutes, même par le trajet le plus court, pour gagner le Col de la Ruchère (1,400ᵐ env.) sur lequel nous sommes à 2 h. 15 m., ayant perdu un quart d'heure à St-Bruno.

Du col, compris entre un contrefort du Grand-Som, improprement appelé parfois Petit-Som, à l'est, et l'Aliénard, à l'ouest, la vue est déjà charmante, et je ne comprends pas que les moins ingambes visiteurs de la Chartreuse ne poussent pas au moins jusque-là leur promenade. Au sud, on a devant soi tout cet immense amphithéâtre de forêts qui entoure la Chartreuse, dominé à gauche par le Grand-Som, et en face par Charmant-Som. Au nord on plane sur les terres de la Ruchère, sur la vallée du Guiers-Vif; par delà les montagnes de Corbel, on distingue la Dent du Chat, le lac du Bourget, la Dent de Nivolet, et, par les temps clairs, le Mont-Blanc ajoute sa majesté à ce délicieux tableau.

Jusqu'ici nous avons suivi les chemins battus; l'exploration va commencer. On pourrait, du col, escalader directement l'Aliénard à travers le bois qui tapisse ses rocailles, mais ce serait de la peine inutile. Nous prenons un chemin horizontal qui part du col dans la direction de l'ouest, en suivant une prairie longue et étroite. Un petit ressaut, sorte de coluret, se présente au bout de cinq à six minutes, puis, en deux minutes de là, en suivant la lisière supérieure de la prairie, on aperçoit quelques traces indécises qui ne peuvent révéler un sentier qu'à un œil bien prévenu. La trace s'affirme, elle est rapide, mais on n'en va que mieux, et en moins d'une demi-heure, par une sorte de clairière embroussaillée,

on atteint l'arête de l'Aliénard, à la lisière d'un nouveau
pâturage. L'arête elle-même, composée de couches ver-
ticales de calcaire crétacé, est extrêmement étroite et
escarpée. Quelques maigres sapins s'y sont accrochés :
nous nous y accrochons à notre tour, et à 3 h. 15 m.
nous arrivons au point culminant (1,565ᵐ). La vue en est
fort belle : au nord, c'est le panorama, bien agrandi, du
Col de la Ruchère ; on voit les Echelles, on voit le Rhône,
le regard s'étend sur les plaines de Crémieu, et ne s'arrête qu'aux lignes brumeuses du Jura. A l'est, c'est le
Grand-Som dans tous ses détails ; au sud-est, on distingue
les trois Pics de Belledonne ; au sud, se développe tout
le massif de la Chartreuse, Chamechaude, Charmant-Som,
la Pinéa, la Grande-Sure ; vers l'ouest, une nervure parallèle et presque aussi élevée, qui se dresse de l'autre
côté d'un pâturage orné d'un beau chalet, ne permet que
d'apercevoir les coteaux et les plaines du Bas-Dauphiné.

En quelques minutes nous descendons à ce chalet,
inhabité pour le moment, et d'où part vers le nord un
sentier qui se rend à la Ruchère ; puis nous gravissons
la crête opposée (1,550ᵐ). Celle-ci est couverte de sapins,
pourtant nous y trouvons une éclaircie d'où notre regard
plonge sur les grands bois qui en tapissent le versant
occidental, ainsi que les contreforts qui vont en s'abais-
sant jusqu'à la route de St-Laurent du Pont aux Echelles.
Cette crête occidentale, sans nom bien spécial, est composée d'un calcaire siliceux jaunâtre qui appartient à
l'étage néocomien inférieur.

De retour à 4 h. 15 m. à notre chalet, dit Maison de
l'hospice ou Arpizon, nous y trouvons l'origine d'une
route forestière qui descend en suivant la combe entre
les deux crêtes de l'Aliénard. Une forêt parsemée de
clairières conduit ainsi en vingt minutes aux haberts Bil-
lon. De là on a le choix entre deux directions : vers l'est,
un chemin de montagne repasse dans la gorge de

St-Bruno et aboutit au vivier des Chartreux; au sud-
ouest, une bonne route nous tenta et nous fit traverser
une partie charmante de ces immenses forêts. A 4 h. 55 m.
elle rejoignait, auprès d'une carrière, une autre route
presque horizontale qui nous ramenait, à 5 h. 15 m., à
l'Hospice des Dames et à la Chartreuse, après une ravissante promenade.

Pendant la chute du jour, nous flânons autour et au-
dessus du monastère dans les prairies qui l'avoisinent.
Le départ des voitures, à 3 h., avait emmené la foule
des éphémères et bruyants visiteurs : il ne restait qu'un
petit nombre d'hôtes, et la solitude renaissait dans le
Désert. La nature était vraiment splendide, et les tons
chauds du soleil couchant, se jouant sur la noire verdure des sapins et sur la blancheur des rochers, for-
maient, dans ce grand silence, un émouvant spectacle.
Le soir venu, il faut rentrer au couvent qui, passé 8 h.,
n'ouvre plus ses portes, et qui, dans l'obscurité, revêt
des airs lugubres. Même frugalité monacale au souper,
puis, comme les distractions n'abondent pas, on va de
bonne heure chercher dans des lits très propres un som-
meil salutaire.

Le lendemain, l'aube blanchissant les carreaux de ma
cellule me trouvait prêt à partir. Mais si l'on se couche
tôt à la Grande-Chartreuse, on ne se lève pas de bonne
heure, et il me fallut attendre 6 h. pour pouvoir me faire
servir quelque chose et régler ma dépense. Il était donc
6 h. 15 m. quand je franchissais le seuil du couvent. Les
senteurs embaumées des sapins, avivées par l'air frais
de la nuit, remplissaient l'espace d'une sorte de buée
vivifiante, l'herbe mouillée par la rosée avait des tons
plus verts, et le soleil commençait à dorer la cime de
Charmant-Som que j'allais gagner..... par le chemin de
l'école. En quittant la Chartreuse, nous nous dirigeons
par une route presque horizontale et encadrée entre deux

haies de noisetiers vers la Courrerie, annexe des bâtiments du monastère, qui servait autrefois d'imprimerie
aux Chartreux, et dont ils ont fait maintenant un hôpital
pour les malades des environs. A partir de la Courrerie,
la route rentre dans la forêt et commence à descendre
vers le Guiers-Mort qu'on atteint à peu de distance du
Grand Logis, ancienne porte qui fermait le Désert du
côté de St-Pierre de Chartreuse. Quittant ici la route du
Sappey, nous traversons le Guiers sur un pont récemment
édifié par les soins de l'administration forestière, et nous
voilà remontant à travers un bois de toutes essences sur
les flancs de Charmant-Som. En une heure du couvent,
nous débouchons dans la prairie de Vallombreuse, où
le soleil nous atteint.

C'est déjà un bien joli coup d'œil que celui du bassin
de la Chartreuse, avec ses prairies, ses immenses forêts
et ses grands escarpements vus des chalets de Vallombreuse, et l'appareil photographique se hâte de nous en
fixer le souvenir. Je revois notre promenade d'hier, le chalet d'Arpizon se détache à l'horizon sur le ciel, et les divers
étages des sapinières me révèlent leurs dédales. Au dessus de la prairie de Vallombreuse, un sentier pénètre
dans le bois et va chercher dans les rochers supérieurs
un assez mauvais pas pour gagner le sommet de Charmant-Som ; mais notre dessein n'est point d'y arriver si
rapidement, et après un bon quart d'heure de contemplation, nous reprenons la route forestière qui se dirige
vers Malamille. Quinze minutes de promenade sous bois
et en contournant un petit éperon de la montagne, on se
trouve dans une nouvelle prairie un peu plus resserrée
où se dresse l'habert Malamille. Le site en est à peu
près le même que celui de Vallombreuse, et au matin,
ces vastes clairières tout humides de rosée, au milieu de
leur noire ceinture de sapins, étaient vraiment délicieuses
à parcourir.

De la prairie de Malamille part un sentier qui, franchissant, par le Col de la Cochette, un des principaux contreforts de Charmant-Som, amène assez rapidement aux Charmettes. Pour nous, continant la route forestière, nous la voyons bientôt envahie par une puissante végétation de framboisiers et de fougères. A quelques pas de là, elle cesse, et n'est plus remplacée que par un étroit sentier qui serpente sous bois. On arrive au-dessus de la Gorge du Guiers-Mort, et sur une sorte de redan qui semble s'avancer dans le vide, on plane littéralement sur le Pont St-Bruno. Ce serait à prendre le vertige, si les sapins qui ont poussé çà et là dans les fissures de la roche ne vous donnaient l'exemple de la solidité. Impossible cependant d'installer l'appareil qui ne trouve pas de place pour ses trois pieds, et après avoir admiré à loisir cette étrange vision, nous reprenons le sentier. Ce n'est plus que le tracé de la route qui doit être continuée de Malamille à Tenaison; on l'appelle le sentier des Sangles, et comme dans la langue du pays sangle veut dire corniche, jamais nom ne fut mieux appliqué. En certains endroits la corniche naturelle manque; alors on a creusé le rocher, on a mis des pieds droits s'avançant dans le précipice, et sur des pièces de bois placées en travers on a jeté un peu de branches de sapin et de terre pour créer ainsi un véritable chemin aérien, à 3 ou 400^m verticalement au-dessus du fond de la gorge. Si l'on ne savait pas que les gardes y passent tous les jours pour faire leurs tournées de surveillance, il serait dangereux de se hasarder sur de pareilles passerelles; en tout cas, je crois qu'il serait peu prudent d'être trop nombreux sur cet échafaudage. De l'autre côté du passage, recommence le sentier des Sangles qui pénètre maintenant dans la gorge de Tenaison, ouverte entre les contreforts de Charmant-Som et ceux de la Grande-Sure. Une heure après avoir quitté Malamille, nous traversions, dans un

site fort curieux, un petit ruisseau, affluent du Guiers-
Mort, et nous rejoignions la nouvelle route de St-Laurent
du Pont aux Charmettes.

En quelques minutes, on arrive à la prairie de Tenaison, occupée maintenant par une pépinière de l'administration forestière, puis la route continue de suivre le fond
de la gorge, ou plutôt l'espèce de col ouvert entre Charmant-Som et Mollard-de-Chaleur. Tout ce trajet est vraiment ravissant; le paysage est moins sévère qu'à la
Grande-Chartreuse, mais combien plus frais et plus riant !
La grande clairière de Tenaison, où une vieille tradition
voulait trouver une ancienne *tenaison* ou prison des
Chartreux, se continue par de charmants sous-bois verdoyants, ensoleillés, au milieu desquels murmure un
filet d'eau qui se perd par moment sous la mousse. Le
vallon semble barré par un renflement couvert de sapins.
Jadis l'ancien chemin l'escaladait par un double lacet qui
découvrait au contour une merveilleuse perspective sur
cette vallée si bien boisée et sur l'Aliénard, de l'autre
côté de la gorge. Aujourd'hui la route le gravit en pente
douce, et en une demi-heure de Tenaison on arrive au
Col et à la Croix des Charmettes (1,275ᵐ env.). Ici on est
à la ligne de faîte de ce long corridor qui doit encore
longtemps courir du nord au sud, jusqu'à Proveyzieux,
et les eaux désormais prennent leur pente au sud, en
s'écoulant vers la Vence. Au sommet du Col se dresse
une croix basse et massive, portée sur un large piédes-
tal et érigée au Moyen-âge par les Chartreux, sans doute
pour marquer la limite de leur domaine.

Sous cette croix, à la face sud-ouest, on voyait encore,
il y a quelques années, une excavation que les gazons
ont à peu près complètement comblée. C'était la place
où les Chartreux, forcés par la tourmente révolutionnaire
d'abandonner leur couvent, étaient venus enfouir le trésor de la communauté, et où ils ont retrouvé, vers 1820,

le dépôt que le Désert avait conservé. M. Taulier, dans ses *Montagnes de la Chartreuse,* et quelques autres écrivains, sur la foi de son affirmation, traite de fables ce que les paysans racontent à ce sujet; mais comme j'ai eu la bonne fortune de recueillir ce récit de la bouche même d'un témoin oculaire, il ne saurait rester pour moi aucun doute sur son entière véracité.

Lorsque je commençais à parcourir les sommités de la Chartreuse, vers 1865, j'avais le plus souvent pour guide un vieux garde, retraité à Proveyzieux, qui était le beau-père de Gouret, l'aubergiste du *Grand Gouzier.* Ce brave homme avait passé sa vie comme garde forestier dans les forêts avoisinantes, et nul n'en connaissait mieux que lui les moindres sentiers. Un jour que nous avions traversé ensemble la forêt de Ginieu et que nous déjeunions au pied de la croix des Charmettes, il me raconta l'histoire du trésor des Chartreux :

« C'était dans les premiers temps où j'étais garde forestier, vers 1820, et à cette époque les Charmettes étaient sauvages à plaisir; il n'y avait pas comme à présent de grands chemins y aboutissant de tous côtés, une maison de gardes, etc.; on y arrivait par un petit sentier de Proveyzieux, et de l'autre côté il n'y avait qu'un chemin en lacets qui y montait de Pont-Pérant (aujourd'hui pont St-Bruno). Un jour qu'en faisant ma tournée habituelle j'avais dépassé Tenaison, j'entendis du bruit dans la forêt, et, en regardant, je vis trois Pères Chartreux qui montaient de Pont-Pérant avec trois mulets chargés chacun de deux grandes caisses. L'un des Pères tenait un papier à la main et le consultait fréquemment. En arrivant près de Tenaison, ils me virent et m'appelèrent pour me demander les noms des rochers qui dominaient le passage. Celui qui paraissait le chef de la troupe suivait sur son papier les indications que je donnais, et me pria de les accompagner. De temps en temps il s'arrêtait, examinait le terrain et donnait des marques d'un vif désappointement. Mais quand nous arrivâmes à la clairière des Charmettes, et qu'il aperçut la croix, il poussa un cri de joie. De nouveau il me demanda les noms des rochers que l'on apercevait, il s'orienta avec son papier, puis, désignant cette place, il dit aux autres : « Ce doit être là. » Alors ils prirent dans les caisses que portaient les mulets des pelles et des pioches, et se mirent à creuser avec ardeur au pied de la croix. Au bout de quelque temps, ils mirent à découvert un grand coffre d'où ils tirèrent des chapes dorées, des ostensoirs, des vases sacrés, etc. Ils chargèrent le tout dans leurs caisses, puis la caravane reprit le chemin de la Chartreuse, sans que les Pères prissent même le temps de combler le trou qu'ils avaient creusé. »

Mon vieux guide est mort depuis, mais je n'ai jamais oublié son récit, que viennent bien corroborer les procès-verbaux du temps. En effet, la Grande-Chartreuse était un couvent riche, abondamment pourvu d'ornements précieux ; les religieux, confiants dans leur solitude, avaient espéré jusqu'à la dernière minute y vivre tranquilles à l'abri de l'orage. Surpris par l'arrêté d'expulsion, ils n'avaient pas eu le temps de faire passer leur trésor à l'étranger, et cependant si l'on trouva dans le monastère les objets d'art, les tableaux et les livres qui allaient servir de noyau au Musée de Grenoble, on n'y trouva en revanche que fort peu de vases sacrés, et tous de peu de valeur. On fouilla beaucoup aux alentours du monastère, mais on ne découvrit rien. Le Désert était grand, et la Croix des Charmettes avait bien gardé son secret. Plus tard, quand les Chartreux furent rentrés en France et réinstallés dans leur couvent, un des Pères retrouva le plan dressé de la cachette, et c'est ainsi que s'organisa l'expédition à laquelle avait assisté le garde forestier.

Il était près de 10 h. quand nous avions atteint le Col

des Charmettes, et on commençait à sentir un appétit fortement développé par cette flânerie dans les bois. En quelques pas sur la droite, nous arrivâmes à la maison des gardes où nous reçûmes de ces braves gens un accueil empressé. Dans ce site sauvage, l'administration des forêts a fait élever une grande construction qui abrite deux ménages de gardes et un logement pour les agents supérieurs. Les voyageurs y trouvent volontiers une collation et des rafraîchissements, et en 1879 la Société des Touristes du Dauphiné y a donné une fête alpine qui réunissait plus de 80 visiteurs. Je passai plus d'une heure à me restaurer à la table des gardes, puis, à 11 h. 20 m., nous quittions cette maison hospitalière pour continuer notre excursion, dédaignant, bien entendu, la grande route qui descend à Proveyzieux.

Depuis la Grande-Chartreuse, ou plutôt depuis le pont du Grand-Logis jusqu'à Tenaison, nous avions découpé tout le flanc nord de Charmant-Som. Nous nous trouvions maintenant sur son revers occidental, et notre projet était de l'escalader pour aller sur sa face orientale rejoindre, au Col de Porte, le chemin ordinaire de la la Grande-Chartreuse à Grenoble, par St-Pierre et le Sappey. Deux chemins nous étaient ouverts : l'un d'eux, montant directement depuis la Croix des Charmettes, en se dirigeant un peu vers le sud, aboutit en une heure aux pâturages de Charmant-Som, et, en une demi-heure de là, aux chalets qui sont au pied de la crête terminale. Si l'on ne veut pas faire l'ascension, on trouve à ces mêmes chalets un sentier qui gagne le Col de Porte en une heure et demie. Mais, je l'ai déjà dit, nous étions en route pour vagabonder, et les trajets directs ne pouvaient avoir notre agrément.

Tournant à gauche, à la Croix des Charmettes, nous suivons vers le nord un large chemin qui semble reprendre la direction de Tenaison. Bientôt le chemin se retrécit et devient montueux, et, en moins d'un quart d'heure, il cesse complètement auprès d'un grand ravin qui monte, dénudé et rocailleux, vers les escarpements de Charmant-Som. Un petit sentier, très raide, serpente sur la rive droite du ravin, et nous nous élevons ainsi assez facilement jusqu'aux pâturages de Pré-Bâtard, que nous atteignons à 11 h. 50 m. Ce n'est plus une de ces belles prairies fertiles où l'herbe est une récolte, comme à Vallombreuse, à Malamille ou à Tenaison, c'est un vrai pâturage de montagne accidenté, rocailleux et s'épanouissant dans une sorte de conque dirigée à l'occident. En vingt minutes de montée, nous arrivons sur les bords d'un petit lac, auprès d'un misérable chalet qui sert d'abri au berger (1,560^m env. d'altit.). De là, nous commençons à apercevoir au sud, en face de nous, la pyramide terminale de la montagne émerger des rocailles qui ont, depuis quelque temps déjà, succédé aux grands bois des Charmettes. Nous pourrions nous y rendre directement, et ce serait peut-être plus facile, mais le démon de la flânerie nous poussant, nous continuons à gravir notre prairie tout droit devant nous, et à midi 20 m. nous débouchons sur l'arête de Pré-Bâtard (1,680^m env.).

Nous sommes maintenant directement au-dessus du trajet que nous avons parcouru ce matin : nous planons verticalement sur la prairie de Malamille; la gorge du Guiers-Mort s'ouvre sous nos pieds, et nos regards scrutent à loisir le bassin de la Chartreuse, l'Aliénard et le Grand-Som. Du point où nous sommes, couronnant le grand ravin et la conque de pâturages que nous venons de gravir, court directement vers le sud une arête aiguë, composée des couches redressées du calcaire néocomien, et réduites en lapiaz par les agents atmosphériques. Au bout de cette arête se dresse la bosse de Charmant-Som qu'il s'agit d'atteindre. Cheminer en équilibriste sur la tranche de l'arête ne serait pas possible;

il faut donc redescendre un peu sur le versant de Pré-
Batard, et se diriger tant bien que mal au travers des
lapiaz très inclinés qui remplacent la prairie. Cette traversée, très fatigante, nous prit trois quarts d'heure, et
il était 1 h. de l'après-midi quand nous atteignîmes le
pied de la bosse (1,790^m env.) où nous trouvâmes un
rudiment de sentier. Comme toujours le passage est
meilleur vu de près que de loin ; quelques rhododendrons
ont poussé dans les fissures de la roche et fournissent
un bon point d'appui : une accolade à la petite gourde,
un peu d'entrain, et.... à 1 h. 20 m. nos forces occu-
paient le plateau. Charmant-Som était vaincu (1,871^m.).

Ce n'est pas un pic de premier ordre, même dans
l'humble massif de la Chartreuse, mais c'est un bien
beau belvédère, et celui qui s'y trouve transporté, au
milieu d'un ciel sans nuage, comprend bien facilement
pourquoi l'imagination poétique de nos montagnards lui
a donné ce nom de Charmant-Som. Quel magnifique
point de vue s'offre à nos yeux, et quelle pure lumière
colore ce merveilleux paysage! Des pointes les plus
élevées, on a parfois un trop grand sentiment d'iso-
lement : on plane trop, le panorama est trop vaste et
nos yeux, sinon notre raison, ont peine à l'embrasser.
Ici, il n'en est pas ainsi, on est au cœur du massif de
la Chartreuse, on a sur tous ses autres sommets une
vue circulaire de premiers plans, et les lointains ne
vous apparaissent que par les échappées des cols.

Au nord, on est toujours attiré par la Chartreuse avec
ses noires forêts et ses vertes prairies, dominée par l'A-
liénard et par le Grand-Som. Par le col de la Ruchère
apparaissent la montagne de Corbel, le Mont Otheran,
le Mont de Joigny, puis plus loin la Dent du Chat, une
partie du lac du Bourget, le Grand Revars, et dans le
lointain, sur la gauche, les teintes vaporeuses du Jura.
A l'est, après les contreforts du Grand-Som, et au-

dessus des montagnes du Granier, étincelle le Mont-Blanc, puis l'Aut-du-Scieu; la Lance de Malissard et les Rochers de Bellefonds viennent jusqu'à la Dent de Crolles, s'étageant au-dessus du fertile vallon de St-Pierre et de St-Hugues de Chartreuse. Par le col des Ayes et celui de St-Ismier, on aperçoit la chaîne de Belledonne ; plus au sud, se dresse Chamechaude, strié de couloirs et s'appuyant lourdement sur le col de Porte. On distingue les cultures du Sappey, le fort du St-Eynard, dans le lointain les montagnes de Lavaldens et du Dévoluy; la fière pointe de la Pinéa interrompt le panorama qui recommence aux montagnes du Villard de Lans, vues par la trouée de Proveyzieux. A l'ouest, la chaîne qui va des Rochers de Chalve à la Grande Sure et à Mollard de Chaleur, cache les plaines du Bas-Dauphiné et ne permet que d'entrevoir le Rhône et les monts brumeux du Forez et du Beaujolais.

Le sommet du Charmant-Som est dans son ensemble un plateau de quinze à vingt mètres de largeur sur cent de longueur. Mais les intempéries y ont pratiqué des vallonnements et des crevasses qui font que j'ai peine à y placer l'appareil. Tout en admirant l'horizon, je parcours le sommet, et, quand à 2 h. je me décide à descendre, je suis arrivé à l'extrémité méridionale du plateau. Devant moi l'arête se compose d'une prairie unie et inclinée, qui s'abaisse de deux cents mètres environ, pour courir ensuite presque horizontale pendant quatre kilomètres et se relever au-dessus de Quaix par la pointe aiguë de la Pinéa.

Nous descendons la prairie à la course, et à 2 h. 10 m. nous sommes aux chalets de Charmant-Som, au point où aboutit le chemin direct qui montait des Charmettes. Du chalet part un large sentier qui se dirige au sud en découpant les prairies un peu en dessous de l'arête. On passe auprès de l'abreuvoir des bestiaux, et nous ne tardons pas à apercevoir le troupeau des vaches, 2 ou 300 têtes pour le moins, couchées sur la lisière de la forêt à l'ombre des sapins. A quinze minutes environ du chalet, on trouve une première trace qui descend sur la gauche : il faut se garder de la prendre, car elle ramène aux Cottaves, hameau de la commune de St-Pierre de Chartreuse. Deux ou trois cents pas plus loin, un nouveau chemin franchit l'arête (2 h 30 m.), et nous fait bientôt pénétrer sur le flanc oriental de la montagne dans un petit bois rabougri où la nature rocailleuse du terrain se reconnaît encore trop facilement. Cependant la descente s'accélère, et bientôt on rentre dans un bois taillis de toutes essences, où il faut encore bien se garder de tous les embranchements de gauche du sentier.

Toujours en se dirigeant au sud, on contourne un contrefort, puis, dans une sorte de combe boisée, on rejoint un chemin venant des chalets de la Pinéa. On peut alors sans inconvénient suivre la direction de l'est : on pénètre dans une belle forêt, la pente devient presque nulle, et on débouche dans les prairies de Porte, sur une partie de ce large col ouvert entre la Pinéa et Chamechaude. A peine arrivé dans la prairie, on trouve au sud, sur la droite, un grand sentier qui descend à Sarcenas, et delà à Quaix. Pour nous, arrivés à 3 h. à la prairie de Porte, nous continuons à l'est un chemin horizontal qui rentre sous bois et dans une traversée de terrain argileux nous réserve d'inénarrables bains de pieds. Enfin, crottés jusqu'à l'échine, nous rejoignons à 3 h. 20 m., au Col de Porte, la grande route de la Chartreuse au Sappey (1,352ᵐ d'alt.).

Le Col ou plutôt le plateau de Porte est un vaste seuil de forêts entrecoupées de riantes clairières, qui sépare le bassin des Guiers de celui de la Vence, la vallée de St-Pierre de Chartreuse de celle du Sappey. C'est un site délicieux pour le peintre et l'amateur de paysages.

Au point de vue géologique, il a une grande importance dans l'étude comparative de la période glaciaire. Les blocs erratiques ne l'ont pas traversé : il a donc opposé une digue à cette immense mer de glace qui, descendant des grandes Alpes, avait envahi tout le Graisivaudan et s'étendait jusqu'à Lyon. Il en faut donc conclure qu'à cette époque le massif de la Chartreuse avait déjà tout son relief et qu'à la hauteur de Grenoble le niveau du grand glacier ne dépassait pas 1,300^m. Sur la face opposée, le col du Frêne présenta la même barrière, et le vallon de la Chartreuse et des Guiers dut former un petit glacier séparé.

Ces considérations ne nous empêchent pas de trouver la route fort ennuyeuse. Elle traverse des forêts splendides, elle est très bien tracée et permet de jouir de charmants points de vue, mais elle n'en est pas moins la grande route, et il n'est rien de si fatigant sous la chaleur. Ce n'est pas dans les mauvais passages que la démoralisation s'empare du touriste, c'est quand, à la fin de la journée, il se voit contraint d'avaler quelques kilomètres de *ruban*. La vue même du frais vallon du Sappey (1,000^m env.) ne suffit pas à nous galvaniser, et nous paraissons bien affaissés quand nous franchissons à 4 h. 20 m. le seuil hospitalier de l'auberge Cristille. Mais ici nous allons renaître, car c'est un vrai pays de Cocagne : il y a de la bière, des beefsteacks, du rôti, et nous nous offrons un véritable festin pour nous remettre un peu des monacales austérités de la Grande-Chartreuse. Aussi tout notre entrain était-il revenu, et nous disposions-nous à prendre gaiement la descente, quand un bruit de grelots annonce l'approche de la diligence de la Grande-Chartreuse. Il y a de la place pour tout le monde, le cocher nous invite de son meilleur sourire : ma foi, que celui qui n'en aurait pas fait autant nous jette la première pierre !

Nous voilà donc, finissant, comme nous l'avions commencée, en diligence, notre traversée de la Grande-Chartreuse. Les chevaux descendent au grand trot les rampes de Corenc, tandis que, commodément installés, nous admirons à loisir la belle vallée du Graisivaudan et notre étincelante chaîne des Alpes dauphinoises. A 7 h. du soir, nous rentrions à Grenoble après une ravissante excursion, qui avait bien rempli nos deux jours de liberté.

H. FERRAND.
Membre de la section genevoise du S. A. C.

CHAMECHAUDE

(2,081 mètres)

Extrait de l'*Echo des Alpes.* — N° 4, 1884.

Les étrangers qui visitent notre vieille capitale du Dauphiné s'étonnent toujours qu'une ville puisse être aussi rapprochée des montagnes et s'étaler aussi parfaitement horizontale sur une telle étendue. En effet, Grenoble qui s'est surtout développée sur la rive gauche de l'Isère ne récèle aucune rue à pente sensible, si ce n'est la vieille montée de Chalemont *(Scala montis),* si parfaitement délaissée aujourd'hui, et, cependant, elle s'appuie contre le dernier contrefort méridional des montagnes de la Chartreuse. Et leurs puissantes assises ne viennent pas mourir contre la cité par d'insensibles mamelons ! De prime saut, elles s'élèvent à l'altitude de 483 mètres, et le fort de la Bastille qui plane à cette hauteur et domine la ville n'est pas en projection directe à 800 mètres du Jardin de ville et de la place Grenette. Un peu plus loin, le fort du St-Eynard porte à 1,359 mètres sa tête superbe, et déjà entre eux la montagne s'est ouverte par une profonde échancrure et a laissé la route du Sappey s'insinuer jusqu'au cœur du massif. Aussi, les pics de la Chartreuse se livrent-ils facilement aux Grenoblois, et c'est pour nous une promenade d'un jour que de conquérir ses plus merveilleux belvédères.

Dans ce vaste massif, si nettement déterminé par la vallée de Chambéry et le cours de l'Isère, au milieu de sommets répartis comme les bastions d'une forteresse, se dresse un géant qui les domine tous : c'est *Chame-chaude*, la cime chauve. En le contemplant, on songe aux légendes antiques, à ces Titans qui entassaient Pélion sur Ossa, car c'est du sein des plateaux du Sappey et de Chartreuse, montagnes eux-mêmes de 1,000 mètres d'altitude moyenne, qu'il élève sa lourde masse, portée à l'Est sur le Col de l'Emeindras (1,400 mètres) et à l'Ouest sur le Col de Porte (1,352 mètres). Du sommet de son vertigineux escarpement, le regard s'élance d'un seul trait jusqu'aux grandes Alpes ou jusqu'aux plaines du Lyonnais, il plane sur toute la région de Chartreuse, sur la vallée du Graisivaudan et ne s'arrête qu'à ces autres géants plus superbes, le Pelvoux, la Vanoise, le Mont-Blanc ! C'est là qu'on apprend la poésie des vastes horizons, le charme des panoramas sublimes, c'est là que se forme et s'entraîne toute la phalange des alpinistes grenoblois. J'y suis monté bien souvent, par tous les temps, dans toutes les saisons ; en été, quand, enfant, je m'essayais à la montagne ; au printemps, depuis, quand je voulais dérouiller mes jarrets engourdis par l'hiver, et en automne quand je voulais profiter d'un dernier beau jour. Parfois, la cime rebelle s'enveloppait de brouillard et de pluie ; plus souvent elle dévoilait, à mes yeux ravis, toutes les splendeurs de son merveilleux horizon, et chaque fois je découvrais dans le panorama une nouvelle pointe, dans la montagne une nouvelle beauté.

Il eût été intéressant peut-être de noter mes sensations de la première ascension, alors qu'enfant de douze ans, entraîné par mon père, je suais et soufflais sur la pente rocailleuse, je m'accrochais aux vêtements du pâtre Imbert, et, parvenu enfin à la pyramide, je me laissais tomber exténué sur une pierre, portant envie aux quatre pattes du bon gros chien de notre guide. Mais ce ne sont plus que des souvenirs bien vagues dans ma mémoire, et il vaut mieux, pour bien faire connaître la montagne, raconter l'ascension que j'en fis en hiver, le 24 Mars 1880.

On se souvient peut-être de cet âpre hiver de 1879 à 1880, qui fut dans les plaines d'une rigueur peu commune. Les montagnards qui descendaient en ville rapportaient bien que les hauts plateaux émergeaient de cette brume glacée qui nous pétrifiait, qu'ils avaient eu un hiver sec et ensoleillé ; on était peu tenté de les croire, mais, quand au commencement de Mars la température se radoucit un peu et que le soleil dispersa les brouillards, il fallut bien se rendre à l'évidence. La haute montagne avait rarement été moins neigeuse. Ses pentes étaient sèches, et rien ne devait entraver la marche. Nous résolûmes alors de rompre brusquement notre longue claustration hivernale et d'aller devancer le printemps sur la crête de Chamechaude.

Le 24 Mars, mon père, deux de mes amis, MM. Martin et Bertrand, et moi, nous nous réunissions sur la place Grenette, et, à 6 h. du matin, nous montions en fiacre pour faire plus commodément les deux kilomètres et demi qui nous séparaient de la Croix de Monfleury, où nous devions quitter la plaine. A 6 ¼ h., au petit jour, nous mettons pied à terre, et nous commençons à gravir le coteau par la succession savamment combinée de quelques-uns de ces mille petits chemins qui s'entrecroisent en un réseau si inextricable aux environs des villes.

Pour gagner le Sappey, on peut bien se contenter de suivre la grande route qui commence à la Mairie de la Tronche, monte au devant du couvent de Montfleury, passe derrière le château de Bouquéron et au milieu du village de Corenc, et va par le Mollard faire un grand lacet au-dessus du fort de Bourcet pour atteindre le Col de Vence. Mais sa pente douce convient aux voitures et

non aux àlpinistes. En quelques carrefours sagement
débrouillés, après avoir laissé sur la gauche la Vierge-
Noire, lieu de pèlerinage un peu délaissé aujourd'hui,
nous sommes au hameau de Gorget, et nous prenons
alors la rude montée connue sous le nom de Combettes
de Chantemerle. Dans un ravin schisteux et dénudé,

Et de tous les côtés au soleil exposé

l'ancienne route du Sappey s'escarpe avec une pente
fabuleuse, et celui qui a le bonheur de faire ce trajet au
mois de Juillet, à deux heures de l'après-midi, y sent
rapidement évaporer ses rhumatismes. A notre heure
matinale, la chaleur n'était pas à craindre ; à moitié de
l'ascension, nous nous arrêtons un instant, suivant l'u-
sage, pour reprendre haleine auprès de la croix qu'une
main pieuse a érigée sur un petit ressaut (500 mètres
environ), et nous jetons un coup d'œil sur l'admirable
panorama que l'on en découvre déjà. La vallée du Graisivaudan s'étale sous nos pieds, avec ses champs dispo-
sés en échiquier : en face, les Alpes dauphinoises reçoi-
vent çà et là les premiers rayons de soleil.

Nous arrivons au-dessus du château d'Arvilliers, plus
communément nommé la Tour des Chiens, puis, auprès
d'une cabane hardiment plantée sur un monticule et
que l'on appelle la maison Pilon, nous rejoignons la
grande route, et, à 7 h. 40 m., nous sommes au Col de
Vence ou du Sappey (800 mètres environ d'altitude).

Le petit plateau qui porte le nom de Col de Vence est
compris entre la coupe du Mont-Rachais à l'Ouest, et le
Saint-Eynard à l'Est. De même que le Col de Clémentière à l'Ouest et le Col de St-Ismier au Nord-Est
ouverts dans la même chaîne, il fait communiquer la
vallée du Graisivaudan avec le vallon de la Vence. C'est

une sorte de carrefour d'où rayonnent six chemins ; nous arrivons du Sud-Ouest par le chemin des Combettes ; la route qui a fait le détour par Corenc arrive du Sud-Est ; à gauche, un sentier rapide conduit au sommet du Rachais (1057 mètres) ; à droite commence le chemin en lacets qui gravit la pente du St-Eynard (1359 mètres) ; au Nord-Ouest s'enfonce un autre chemin qui passe derrière le Rachais et descend le vallon de la Vence ; au Nord-Est, au contraire, la route du Sappey remonte ce vallon par une rampe modérée. En suivant cette dernière direction, nous nous enfonçons dans une gorge qui va se resserrant entre les escarpements de Berluchon et les pentes boisées du St-Eynard. Ici, nous sommes à l'ombre et la fraîcheur se fait sentir. En une demi-heure du Col, on arrive à une sorte d'étranglement où la vallée semble se fermer auprès d'une scierie dans un paysage des plus pittoresques, mais un détour sur la gauche nous fait émerger sur le plateau du Sappey, où le soleil nous atteint.

Rien de plus frais et de plus gracieux au printemps que ce vaste bassin qui s'étend à une altitude moyenne de mille mètres, entre les sombres forêts de sapins qui tapissent le revers du Saint-Eynard et les taillis qui descendent de Chamechaude. Les cultures parsemées de bosquets et d'habitations occupent le centre de ce plateau, qui va se relevant insensiblement jusqu'aux bois noirs du Col de Porte (1352 mètres) et jusqu'aux prairies de l'Emeindras (1400 mètres). Dans le fond, au N.-E., apparaissent les rochers de la Dent de Crolles, et au milieu du tableau se dressent les imposants escarpements de Chamechaude.

Au moment où nous y arrivions, le vallon du Sappey n'avait pas ce riant aspect du printemps, mais l'ampleur du coup d'œil suffisait déjà à nous récompenser de notre promenade. En quelques enjambées nous atteignons le village, et à 8 3/4 h. nous entrons sous le toit hospitalier de l'Auberge des Touristes (980 mètres environ d'altitude).

Il n'est pas un promeneur de la Chartreuse qui n'ait pénétré dans la salle basse où l'on trouvait jadis l'accueil bienveillant et familier de la mère Christille et l'accorte figure de sa jolie fille. Quelles ripailles de pommes de terre frites, de poulets sautés à la diable, arrosés d'un petit ràclet qui rendait des jambes aux plus éreintés, ces murs rappellent à tous les Grenoblois ! Pour ne pas déroger à la tradition, nous déjeunons chez Christille, où se trouvent déjà d'autres touristes, mis en mouvement par ce soleil précoce. De crainte du froid, nous nous sommes munis de manteaux et de plaids qui commencent à devenir un pesant embarras ; nous voulons aussi monter l'appareil photographique jusqu'à la cime, et pour tout ce bagage nous cherchons un porteur. Le trouver n'est pas chose facile, à cette heure de la journée ; heureusement, le plaisir de la promenade tente le fils de l'aubergiste, qui s'offre à nous accompagner, et à 10 heures nous nous mettons en marche.

Au sortir de l'auberge, nous suivons encore la route de la Chartreuse, qui décrit à travers les cultures une vaste courbe pour s'élever sur les flancs de Chamechaude jusqu'au premier Col de Porte. Toute cette partie du trajet offre déjà une vue des plus intéressantes sur le plateau du Sappey, que l'on domine peu à peu. On voit, en se retournant, les grandes forêts qui tapissent le revers du St-Eynard, le fort qui en couronne le sommet, la croupe boisée de Berluchon, entre les deux montagnes la plaine de Grenoble, et, bientôt, par-dessus la longue crête du St-Eynard, scintillent les sommets des Alpes dauphinoises.

En approchant du premier Col de Porte et des forêts qui y commencent, on quitte la nouvelle route et l'on prend à droite, par les lacets ravinés du vieux chemin, pour gravir plus directement la croupe de la montagne, dont la pente se relève insensiblement. Bientôt nous sommes en pleine forêt, et, dans une grande tranchée ouverte dans le sol marneux du Col, nous trouvons les premières neiges. La surface en est glacée et ferme, le pied s'y fixe facilement, et ce ne sera qu'une commodité de plus. En suivant toujours le vieux chemin, nous traversons successivement deux petits ravins qui, au milieu de ces sapins séculaires, ne sont qu'un accident de terrain insignifiant, puis, à 11 heures, nous débouchons dans la clairière longue et presque horizontale qui constitue, à proprement parler, le Col de Porte. Ce grand plateau verdoyant, qui semble une plaie ouverte au sein de la forêt, sépare la masse de Chamechaude de la longue chaîne de la Pinéa et de Charmant Som, et fait communiquer la vallée de la Vence avec celle du Guiers. Il est ouvert à 1350 mètres environ d'altitude, et d'ici, Chamechaude, dont depuis le Sappey nous avons contourné le pied, a déjà bien changé d'aspect. C'est maintenant, jusqu'au sommet, une grande pente assez inclinée, répartie en trois zones inégales, les bois, la prairie et les rocailles.

C'est en arrivant dans cette clairière qu'il faut prendre de suite à droite le sentier rapide qui va nous conduire dans la région supérieure. Il n'est d'abord qu'un sillon dans la prairie ; à l'entrée de la forêt il devient bien marqué, et s'élève en remontant presque directement la pente de la montagne. La forêt devient bois taillis, il faut prendre garde à ne pas confondre le chemin avec les sentiers d'exploitation des bûcherons et des charbonniers ; enfin, à 11 3/4 h., dans une légère dépression où le taillis devient broussailles, nous trouvons une petite source qui sert d'abreuvoir aux troupeaux parqués l'été sur la montagne.

De chaque côté de la Combe, les arbustes remontent encore un peu, le sentier les suit en lacets sur la gauche, et en moins d'un quart d'heure on atteint le chalet, au commencement de la maigre et courte prairie, et sur un petit renflement d'où l'œil, enfin débarrassé de la servitude du bois, plane sur une partie curieuse du massif de la Chartreuse (1650 mètres environ d'altitude).

Nous avions, ce jour-là, un ciel vraiment extraordinaire, et la transparente pureté de l'atmosphère permettait au regard de saisir les moindres détails d'un horizon qui s'élargissait à chaque instant. A nos pieds s'étendait le grand plateau de Porte, avec sa clairière et ses sombres forêts, aboutissant au Sud aux cultures de Sarcenas, et au Nord au bassin de St-Pierre de Chartreuse ; en face se dressait l'étroite arête boisée qui court de la pointe aiguë de la Pinéa au dôme arrondi de Charmant Som. Au-dessus de ce premier plan nous voyions les Rochers de Chalve, les prairies de Vararey et d'Hurtière, le Col de la Grande-Vache, la cime de la Grande-Sure ; plus loin encore, les forêts d'Autrans, le Pas de la Clef, les plaines du Bas-Dauphiné, les coteaux du Lyonnais et de l'Ardèche. Et les crêtes nous apparaissaient aussi nettes, aussi dégarnies de neiges qu'en plein été : ce n'était qu'à l'exposition du Nord et dans les replis un peu profonds que des taches blanches çà et là trahissaient l'époque si précoce de l'année.

Après une courte halte, nous nous remettons en route pour la dernière partie, et cette fois la plus pénible de l'ascension. Du chalet au sommet de notre pic la pente générale est de 45°, se divisant en deux régions d'inclinaison différente : la première, qui va du chalet à la ceinture des escarpements, atteint 50° ; la seconde, de la cheminée à la cime, n'a plus qu'une pente de 40°. La plus rude commence par une courte ceinture de prairies et consiste ensuite en un immense éboulis percé ça et là de rocailles en place. Si l'on essaie de monter tout droit, comme le font trop souvent les novices impatients, on s'essouffle et s'épuise rapidement. Au milieu des mille sentiers des moutons qui s'entrecroisent, l'œil du touriste exercé sait reconnaître un chemin un peu plus stable, qui décrit d'abord un grand lacet vers le Sud, puis s'élève peu à peu et comme en spirale sur le plan incliné. D'ici on ne voit pas le sommet, et le regard vient se buter contre une sorte d'à-pic, un escarpement continu qui entoure la partie supérieure de la montagne d'une ceinture inabordable, et va rejoindre les grandes parois qui dominent verticalement le versant oriental, les prairies de l'Emeindras et le bassin du Sappey. On se dirige vers deux grands rochers semblables à des tours, qui, en dessous de l'escarpement, émergent de la pente générale, et, arrivé au-dessus de ces tours, on incline un peu sur la gauche, vers un tronc de sapin desséché, dernier vestige de l'ancienne végétation du plateau. Tout à coup, on se trouve comme suspendu au-dessus d'une grande faille, sorte de fissure ouverte dans le flanc de la montagne, grand ravin de pierres qui s'écoule dans la direction du bassin de Chartreuse. C'est la *Cheminée*, un des deux seuls passages qui permettent de franchir le dernier banc de rochers.

Il nous avait fallu trois quarts d'heure pour y arriver depuis le chalet, et il s'agissait maintenant de descendre dans ce ravin. La corniche étroite et inclinée, qui est le chemin ordinaire, était garnie de neige dure, et bien nous en prit d'avoir emporté un piolet ; grâce à cet instrument, la main énergique du jeune Christille eut bientôt retaillé un sentier, et quelques minutes après nous gravissions la cheminée. C'est dans la brèche des rochers, entre les deux parois à pic, un curieux entassement de blocs et de pierrailles éboulés, au milieu desquels serpente un sentier malaisé. Le soleil y pénètre à peine, et le coup d'œil y est si bizarre que j'équilibre à la hâte sur deux blocs le pied de l'appareil pour prendre une vue de mes compagnons aux prises avec les rochers. A 1 heure, nous sortions de la cheminée et nous débouchions sur la dernière pente, que, malgré son inclinaison, l'on nomme le plateau. Ici, plus de sentier, marche à volonté ; les uns, en prudents montagnards, continuent à décrire leurs lacets, les autres, en fougueux grimpeurs, s'élancent droit à l'assaut, s'essoufflent, s'arrêtent et voient passer devant eux, narquois et reposés, les amateurs de la spirale. A 1 1/4 h., nous arrivions tous au sommet, et nous demeurions éblouis du magnifique spectacle qui s'offrait à nos regards (2081 mètres).

A quoi tient le plus ou moins de transparence de l'air ? C'est là un problème de météorologie qui n'est pas encore près d'être résolu d'une façon absolue. On dit souvent que, quelque temps avant la pluie, l'atmosphère saturée de vapeurs d'eau fait l'office de verre grossissant et rapproche les objets : cela est vrai pour l'été et pour des distances modérées, et chaque touriste a eu l'occasion d'éprouver ce mirage. Mais, dans cette dernière journée d'hiver, l'air était à la fois d'une sécheresse et d'une transparence extrêmes, et l'horizon qui se développait devant nous était un peu comme le firmament par une belle nuit : plus on le considérait, plus l'œil y découvrait de cimes se pressant les unes derrière les autres. J'essaie d'en prendre avec l'appareil un panorama circulaire, et nous nous occupons de reconnaître les pics qui se déroulent devant nous.

Au Nord-Est, le Mont-Blanc apparaissait dans toute sa majesté, dominant comme d'humbles vassales les montagnes de Beaufort ; on distinguait les Jorasses, puis le Vélan, au-dessus de la chaîne des Rochers de Bellefonds et de la Dent de Crolles, qui formait premier plan en cachant la vallée du Graisivaudan. Par la coupure du Petit St-Bernard, le regard arrivait jusqu'au massif du Mont-Rose.

Au-dessus de la Dent de Crolles se montrent, au second plan, les Grands Moulins, annonçant le massif d'Allevard qui, par le Grand Charnier, le Grand Clocher du Frêne, les pics du Gleyzin, de Valloires et jusqu'aux cimes des Sept Laux, se révélait tout entier à nos regards. Par les dentelures de ce rideau apparaissaient le Mont-Pourri, la Grande Casse et les glaciers de la Vanoise. A l'Est, la chaîne de Belledonne dominait la vallée de l'Isère, et laissait voir les Grandes Rousses par la dépression du Pas de la Coche. Sous nos pieds, au bas d'un des plus formidables escarpements du massif de la Chartreuse, si fertile pourtant en grandes cassures, nous planions sur le col et la prairie de l'Emeindras et le commencement du vallon du Sappey.

Au Sud-Est, les géants de l'Oisans, les Ecrins, le Pelvoux, l'Alefroide dressaient leurs têtes au-dessus de la Croix de Chamrousse, et Taillefer étalait sa masse blanche au devant des crêtes du Quaro et de Lavaldens.

Vers le Sud, l'Obiou et les pics du Dévoluy scintillaient dans le lointain, tandis qu'au Sud-Ouest, depuis le Grand-Veymont et le Mont-Aiguille, la chaîne du Villard-de-Lans et d'Autrans déroulait les nombreux anneaux de sa longue arête. Au Nord-Ouest et au Nord, au delà des pics et des gorges de notre massif, s'étendaient les plaines et les coteaux du Bas-Dauphiné, l'œil suivait le cours du Rhône et s'en allait dans l'horizon bleuâtre chercher les collines de l'Ardèche, du Vivarais et du Lyonnais et les montagnes du Jura.

C'était tout autour de nous comme un fourmillement de montagnes, un entassement de sommets et de vallées qui stupéfiaient mes compagnons. Et, en effet, les familiers de la haute montagne peuvent avoir de la peine à admettre qu'une simple taupinière de 2000 mètres d'altitude puisse commander à un aussi imposant panorama. Pour s'en rendre compte, il faut comprendre que Chamechaude est le point culminant du massif de la Chartreuse, qu'il le domine tout entier et qu'il jouit, par conséquent, sans aucune entrave, de la position exceptionnelle de ce massif, si bien dressé en avant des Alpes dauphinoises, et comme au centre de leur soulèvement.

L'air était parfaitement calme et pas un souffle de vent ne venait nous inquiéter; le soleil nous baignait de ses rayons bienfaisants et nous gratifiait d'autant de chaleur qu'en plein été. Les montagnes n'avaient guère plus de neige qu'elles n'en montrent d'ordinaire en Juin, mais il fallait nous souvenir que, dans la saison exceptionnelle où nous nous trouvions, les journées sont courtes, et que la retraite devenait urgente. Aussi, après une bonne heure donnée à la contemplation et à la photographie, nous dûmes nous mettre en devoir de descendre. On peut, bien entendu, prendre au retour le même chemin qu'à l'aller et venir au bas du plateau terminal de Chamechaude chercher la Cheminée et ses éboulis croulants. Mais, puisque le banc de calcaire néocomien qui forme la calotte de la montagne présente deux brèches, nous nous serions fait un crime de ne pas faire connaissance avec la seconde. En quittant le point culminant, à 2 $^1/_4$ h., nous inclinons donc fortement à gauche, c'est-à-dire vers le Sud, et nous descendons en suivant la lèvre supérieure de l'escarpement. Bientôt celle-ci offre une sorte de bastion rentrant en forme de demi-cercle (10 minutes du sommet): c'est là qu'une pente, dont les premiers pas sont fort raides, rejoint une petite terrasse inclinée, ordinairement herbeuse, par laquelle on arrive au bas de l'escarpement. Cette fois, la terrasse est garnie de neige compacte et pourrait nous procurer une glissade des plus désagréables. Le piolet fait encore son office et, grâce à lui, le mauvais pas est franchi sans encombre. Une fois sur la grande pente, nous descendons rapidement ; nous recherchons, de préférence, les coulées d'éboulis mobiles dans lesquelles le pied se fait si facilement sa place ; à 2 h. 50 m., nous repassons au pied des deux tours, et, à 3 h. 5 m., nous sommes de retour à la cabane.

Le soleil commence à s'incliner vers l'horizon, et, pour jeter un dernier regard au panorama qu'envahissent les ombres, nous faisons une courte halte auprès de la hutte solitaire, qui attendra encore deux ou trois mois ses hôtes de l'été, puis nous *dévalons* prestement par le chemin du Col de Porte. A 3 1/2 h., nous atteignons la clairière et la vieille route de la Chartreuse. Encore une demi-heure et nous rentrerions au Sappey ; mais nous voulons varier l'itinéraire du retour : nous nous séparons donc du fils Christille, qui regagne ses pénates, et, prenant un petit sentier dans la forêt, nous atteignons en cinq minutes la nouvelle route de la Chartreuse, au point où la rejoint le chemin qui monte de Sarcenas.

La vallée de Sarcenas est encore une vallée aboutissant au Col de Porte. Le massif de la Chartreuse est si curieusement enchevêtré que plusieurs de ces cols présentent cette disposition particulière qui constitue un col *triple*. Le Col de Porte, en effet, est ouvert, comme nous l'avons dit, entre la chaîne qui court de la Pinéa à Charmant Som à l'Ouest, et le cône de Chamechaude à l'Est, et il semblerait qu'il ne dût faire communiquer que les deux vallées qui s'écoulent de l'un et de l'autre coté de ce point de suture. Mais, presque au point de contact de ces deux chaînes latérales, vient se souder l'arête qui part d'un troisième pli de soulèvement des roches, Berluchon, et cette arête divise en deux parties la vallée, qui descendrait au sud du Col de Porte pour en former le vallon du Sappey et le vallon de Sarcenas. Le Col de Porte est donc bien un col triple, donnant naissance à trois vallées : la vallée de St-Pierre de Chartreuse au Nord, celle du Sappey au Sud-Est, et celle de Sarcenas au Sud-Ouest. Pour préciser davantage ce point curieux de topographie, constatons que la plaine du Sappey n'est que le bassin supérieur de la vallée de la Vence, dont le vallon de Sarcenas est un affluent, et que le Col de Porte, sorte de long plateau, n'est pas lui-même si bien défini qu'on n'y puisse, avec un peu de bonne volonté, distinguer deux cols : celui qui fait communiquer la vallée de St-Pierre de Chartreuse avec le vallon de Sarcenas, et celui qui mène de ce vallon au bassin du Sappey. C'est cette distinction un peu subtile que nous faisions pressentir en parlant tout à l'heure de notre arrivée sur le *premier* Col de Porte. Mais quoiqu'il en soit du plus ou moins de possibilité physique de cette distinction, elle est condamnée par la terminologie locale, qui ne connaît qu'un seul Col de Porte, faisant communiquer ces trois vallées entre elles.

Nous voulions donc descendre dans le vallon de Sarcenas, et dès lors, quittant la route de la Chartreuse, nous prenons un bon chemin de chars qui, passant auprès d'une grande ferme à l'aspect quasi féodal, nous conduit en un quart d'heure au hameau de l'Eglise. Sarcenas est une petite commune, mais non point un village. Ses maisons sont disséminées sans ordre dans une gracieuse conque, au pied de la Pinéa, et bien malin qui y trouverait la place traditionnelle et l'auberge en face de l'église. Il nous faut faire un petit détour sur la droite pour trouver, presque au milieu des champs, une maison proprette qui en est l'unique cabaret, orné pour toute enseigne d'une branche de sapin desséchée.

Il est près de quatre heures, et quoique la nuit

approche, c'est bien le moment de nous restaurer un peu.
Dame ! les ressources de Sarcenas ne sont pas grandes,
et la pauvre auberge ne peut nous offrir que des œufs
accommodés de diverses façons et l'inévitable friture de
pommes de terre. Le repas est frugal, mais les estomacs sont trop affamés pour le discuter, et nous sommes vraiment tout ragaillardis quand à 5 heures nous
prenons le chemin du retour.

Sous les grands arbres des vergers de Sarcenas, à
l'ombre des belles haies qui bordent le chemin. on a
peine à distinguer les pierres, mais tout à l'heure la
lune va se lever et nous inonder de sa douce clarté.
Toutefois, la flânerie n'est plus de saison, et nous descendons à grands pas le chemin qui découpe le flanc occidental de Berluchon. A 5 ³/₄ h., nous sommes au bas
de notre vallon et, dans un site sauvage et pittoresque,
nous rejoignons le cours du torrent de Vence.

Nous pourrions le cotoyer par une bonne route, passer à Quaix et rejoindre à St-Egrève, la plaine de l'Isère.
Mais un trajet plus court nous ramènera dans nos foyers
en traversant à nouveau la chaîne qui borne au Sud la
vallée de la Vence. Nous remontons donc par un large
chemin tracé en encorbellement aux flancs du Rachais,
et, à 6 ¹/₂ h., nous arrivons sur le Col de Clémentière
ouvert entre le Rachais à l'Est et le Casque de Néron à
l'Ouest.

De là, nous voyons la plaine du Graisivaudan, les
méandres de l'Isère et Grenoble, dont les becs de gaz scintillent dans la nuit. La lune vient de se lever et sa lumière guide à présent notre marche. Point d'accidents,
du reste, dans la bonne route dont la pente douce et continue fournit à nos jambes un peu lasses un agréable
trajet ; à 7 ¹/₂ h., nous passions la barrière de l'ancienne
Porte de France et, quelques minutes après, nous étions
rentrés dans nos foyers ayant ainsi accompli une des

plus précoces ascensions de Chamechaude. La semaine suivante, la neige prenait sa revanche et le géant de la Chartreuse s'enveloppait encore pour près de deux longs mois de son grand manteau blanc.

Dix heures de marche, dont cinq heures et demie à la montée et quatre heures et demie à la descente nous avaient donc suffi pour gravir Chamechaude et nous élever, au milieu des décors les plus variés et en parcourant deux des vallons de la Chartreuse, de la plaine de Grenoble à l'altitude de 2081 mètres. Comme la cote moyenne de Grenoble est de 212 mètres, on voit donc que nous avions gravi 1870 mètres en ce court espace de temps, c'est-à-dire que nous nous étions élevés en moyenne de 340 mètres par heure.

Il en résulte donc que Grenoble est bien au pied même de la montagne, et que cette fière pointe constitue le vrai belvédère grenoblois. On a compris par la rapide nomenclature que j'ai donnée des pics de son horizon combien le panorama en est merveilleux. Dès lors, il n'est pas étonnant qu'une cime qui demande si peu de temps pour sa conquête, fait parcourir de si riants paysages, présente juste assez de difficultés pour n'être point banale, et offre à son vainqueur un spectacle si étendu, soit environnée dans le pays d'une juste renommée. Voyageurs qui passez à Grenoble, arrêtez-vous une journée, et pour peu que vous ayez le pied montagnard, venez par un beau temps sur la crête de Chamechaude: vous reconnaitrez que, comme Titus, vous n'aurez pas perdu votre journée.

H. FERRAND.

LES ROCHERS DE CHALVE

ET

LA GRANDE SURE

Extrait de l'*Écho des Alpes*. — N° 3, 1887.

La première quinzaine de Septembre clôt en général la saison des ascensions. Outre que l'approche de l'équinoxe amène d'ordinaire des perturbations atmosphériques, et qu'alors à la moindre pluie la neige a vite fait d'envahir les sommets, la longueur toujours croissante des soirées, leur fraîcheur très sensible dans la montagne, et la brièveté des heures utiles pour la marche vous dissuadent, en cette saison, d'entreprendre de longues excursions. La haute montagne commence à devenir déserte, les troupeaux descendent par longues files ; le temps plus incertain vous invite à moins vous éloigner des villages, et la teinte jaunissante des bois, la clarté moins vive du soleil poussant un peu à une douce mélancolie, on reste plus volontiers sur les coteaux. C'est alors comme au printemps la saison propice pour parcourir les montagnes de la Chartreuse ; je ne sais guère, à la faveur d'un ciel limpide, résister aux séductions de leurs sommets, et, le 28 Septembre dernier, le baromètre nous promettant une série de beaux jours, je résolus d'aller revoir le merveilleux panorama de la Grande Sure.

Dans mes précédentes ascensions, j'avais abordé les pâturages des Bannettes tantôt par le Fontanil et St-Martin-de-Cornillon, tantôt par Voreppe et le couvent de Chalais. Ce dernier trajet était de beaucoup le plus pittoresque et le plus intéressant, car le site de cette ancienne dépendance de la Chartreuse était choisi avec cet art exquis et cette entente de la nature que les moines du moyen âge apportaient à toutes leurs installations. Mais depuis que les religieux en ont été chassés, les ressources n'abondent guère à Chalais, on n'y trouve qu'un vieux garde-forestier qui y vit un peu en ermite, et n'étant pas assez sage pour imiter l'antique Bias, je dus choisir un autre itinéraire. St-Martin de Cornillon est aussi un peu primitif : ne vous étonnez donc point si mes condamnables tendances au sybaritisme me poussèrent vers Proveyzieux.

Proveyzieux, d'ailleurs, est par lui-même un site ravissant, et ce modeste village a dû à la beauté de ses environs et aux teintes charmantes et variées de ses bocages, de devenir le Barbizon de Grenoble. C'est là que le peintre Ravanat allait chercher ses inspirations, et toute une pléiade d'artistes continue à y célébrer le culte de sa mémoire et celui de la belle nature. Joignez à ces enchantements une suffisante proximité de la ville, une grande facilité d'accès, et un certain petit vin qui rend des forces aux défaillants, et vous verrez pourquoi Proveyzieux est pour la jeunesse grenobloise le but de fréquentes parties de plaisir.

Le 28 Septembre, par un soleil radieux, je prenais donc la voiture publique qui allait me dispenser de mesurer à pied les six kilomètres de grande route qui séparent Grenoble de St-Egrève, et je gagnais Proveyzieux (520^m environ) par les méandres capricieux et

parfois un peu roides de l'ancien chemin, préférables à
la ligne droite de la nouvelle route pour qui n'est pas
pressé d'arriver. Je mis deux heures à franchir une distance qui n'en exige pas la moitié d'ordinaire, mais il
faisait si bon flâner par cette après midi chaude et limpide et je me serais amèrement reproché une hâte
inutile.

A 5 h., je déposais mon sac à l'*Hostellerie du Grand-
Gouzier*, chez le père Gouret, qui m'avait déjà bien
souvent hébergé et accompagné dans mes pérégrinations
à travers ses montagnes. Pour cette fois, il faudra me
contenter de l'hospitalité modeste, mais cordiale, que sa
maison offre aux voyageurs, car sa longue et joviale
personne ne m'escortera point demain ; il est retenu au
logis par de graves affaires qui répandent un nuage de
tristesse sur sa figure si ouverte d'ordinaire : chut ! c'est
un procès-verbal ; espérons que la Régie se montrera
clémente. A défaut de mon vieux compagnon, j'engage
un jeune et robuste gars qui n'est jamais allé à la Sure,
mais qu'importe ! ce n'est pas le chemin qui m'embar-
rasse, et rassuré par les promesses d'un ciel plein
d'étoiles, je vais m'étendre de bonne heure dans l'un
des trois lits de Gouret.

Le lendemain, vers 5 h., les lueurs grisâtres de l'aube
nous surprenaient, mon porteur et moi, arpentant à la
haute allure que permet la fraîcheur du matin, la bonne
route qui remonte vers le Nord la vallée du Tenaison,
et doit bientôt se prolonger jusqu'aux Charmettes.

En moins d'une demi-heure, un peu avant le pont de
Pomaray, nous atteignons le lieu dit de Bourduire, où
nous quittons la grande route pour nous élever à gauche
sur les pentes de Chalve. Le chemin que nous suivons
est large et bien tracé à travers les taillis, et sa pente
accentuée ne nous laisse pas longtemps nous morfondre
dans le fond de la vallée. A 5 h. 50 m., à 890^m environ

d'altitude, nous laissons sur notre gauche un embranchement du chemin qui conduit au bois du Sappey et à Rocheplaine, et nous continuons à nous élever vers des rochers aux formes bizarres, sortes de tours démantelées et de bastions à moitié démolis, qui semblent suspendus sur nos têtes. Ce sont les parties saillantes d'un escarpement qui s'étend sur presque toute la longueur de la montagne, ainsi qu'il est fréquent dans les formations calcaires.

Encore dix minutes de montée régulière et toujours dans la direction du Nord et nous arrivons dans une petite dépression au pied même de l'escarpement. On dirait un carrefour servant d'entrepôt général aux bûcherons et aux charbonniers qui exploitent les bois taillis dont tout ce flanc de Chalve est recouvert, et de là rayonnent divers couloirs qui amènent les fagots des pentes supérieures, ou les font dévaler vers le bas de la vallée. Entre temps, le jour s'est levé d'une pureté incomparable, et notre vue qui n'est plus contenue entre les parois resserrées du vallon de Proveyzieux s'étend sur le chaînon opposé qui court de Charmant-Som à la Pinéa et à l'Aiguille de Quaix.

A partir de ce carrefour, notre chemin se transforme en un petit sentier qui, sur la gauche de la dépression, contourne l'escarpement et gravit en zig-zags pressés la pente dont la raideur semble s'accentuer encore. A 6 $^1/_4$ h., sans doute pour nous permettre de reprendre haleine, il devient horizontal et se prolonge quelque temps, coupant la montagne en travers, puis il reprend bien vite son inclinaison ordinaire.

A 6 h. 50 m., une source avec un petit bassin se montrent sur la gauche du chemin. C'est le cas d'en profiter, et nous y faisons une première et courte collation en admirant le panorama qui commence à se dessiner sur la partie centrale du massif de la Chartreuse. Remis en marche à 7 $^1/_4$ h., nous atteignons en dix minutes une sorte de terrasse ou de replat, où le taillis s'éclaircit et qui forme une clairière allongée. Jusque-là, la direction constante de notre chemin s'est maintenue vers le Nord, et le sentier continue encore dans ce sens. Si la Grande-Sure était notre objectif unique, ce serait bien le cas de le suivre, car, contournant toujours Chalve, il nous ferait déboucher sur le plateau supérieur par la coupure de Vararey, et nous amènerait directement au pied de la Sure par le Col d'Hurtières. Mais je veux en chemin gravir pour premier belvédère les Rochers de Chalve, et nous sommes ici suffisamment avancés dans l'intérieur du massif. Faisant donc dans notre clairière un angle brusque vers la gauche, nous trouvons bientôt une faible trace qui remonte directement à l'Ouest la pente de la montagne. Le taillis que nous traversons ainsi devient de plus en plus clairsemé, et bientôt nous voici sur un plateau incliné, où l'herbe a poussé dans les interstices des rocailles. De même que pour la plupart des cimes de la Chartreuse, la partie sommitale de Chalve est formée de calcaire néocomien, dans lequel les agents atmosphériques ont tracé de profondes érosions et dont ils ont fait un vaste lapiaz. Cherchant çà et là notre route au travers de ces crevasses, nous atteignons l'arête qui donne sur le Col des Bannettes, et bientôt après, à 8 h., nous sommes au sommet (1,776 mètres).

La vue que l'on découvre des Rochers de Chalve est déjà fort belle, et craignant que la pureté de l'atmosphère ne se soutienne pas jusqu'au milieu du jour, je me hâte de dresser l'appareil photographique et je prends une partie du panorama de cette belle cime.

Nous nous trouvions sur l'un des points culminants de cette longue arête calcaire qui court presque exactement dans la direction du Sud au Nord, de St-

Egrève à St-Laurent-du-Pont, bornant à l'Ouest la vallée de Proveyzieux et des Charmettes et formant de ce côté le dernier chaînon du massif de la Chartreuse. Sans entrer dans le détail du panorama que nous allons retrouver tout à l'heure plus complet de la Grande-Sure, nous planions sur la partie inférieure de la vallée du Graisivaudan, sur les coteaux qui s'étendent jusqu'au Rhône ; nous avions au Sud-Ouest toute la chaîne d'Autrans et du Villars-de-Lans, au Sud nos regards portaient jusqu'au Dévoluy, et à l'Est, par-dessus tout le massif de la Chartreuse, nous voyions la chaîne des Alpes Dauphinoises resplendir sous les premiers rayons du soleil. Mais la partie la plus intéressante de ce tableau, c'était notre chaînon lui-même, et la magnifique continuité de prairies qui en forme le plateau supérieur et que nous dominions depuis le col des Bannettes jusqu'au col de la Grande-Vache ; c'était surtout la masse imposante de la Grande-Sure qui le limitait au Nord, et dont je me hâtai bien entendu de fixer sur une plaque la fière prestance. Mon porteur, Pierre Fourneton, qui jusque-là s'était montré taciturne, ainsi qu'il convient, était émerveillé et ne tarissait pas en exclamations.

Le plateau fort incliné dont j'ai parlé et qui constitue le sommet de Chalve, est limité à l'Ouest par une franche cassure, et forme ainsi un escarpement qui s'élève à 50 ou 60 mètres au dessus des prairies des Bannettes. Toutefois l'à-pic n'est pas partout infranchissable : la ligne de bord est irrégulière comme d'ordinaire et forme des saillies et des rentrants, ceux-ci moins abrupts que celles-là. En se dirigeant vers le Nord, c'est au deuxième rentrant après la pyramide du sommet que s'ouvre un sentier qui descend l'escarpement.

Quittant notre sommet à 8 h. 50 m., nous descendons rapidement par ce sentier et la pente de prairies qui s'étend au bas des rochers, et à 9 h. nous rejoignons sur le col des Bannettes (1,707ᵐ environ) le chemin qui monte de St-Martin-de-Cornillon et de Chalais.

Le Col des Bannettes est cette selle de prairies qui se voit de la vallée du Graisivaudan, au sommet de la combe de St-Martin-de-Cornillon et au pied des Rochers de Chalve. C'est plutôt une brèche dans une arête qu'un véritable col, car si bien il est dominé à l'Est par la cime de Chalve, à l'Ouest il n'est borné que par le gouffre de Roize, qui plonge directement à une profondeur de 7 à 800 mètres et force le promeneur à ne pas trop s'écarter du chemin tracé. Mais à ce col commence un long plateau ondulé de prairies qui, se maintenant à une altitude moyenne de 16 à 1800 mètres, court vers le Nord pendant une huitaine de kilomètres, entre la ligne des Rochers de Chalve, prolongée par Mollard-de-Chaleur à droite, et celle des crêtes de Roize et d'Hurtières aboutissant à la Grande-Sure à gauche. Ce plateau, tantôt assez large et tantôt plus resserré, forme une suite de cinq berceaux plus ou moins prononcés : d'abord celui des Bannettes, qui se déverse à l'Ouest sur les abîmes de Roize, puis celui de Vararey qui s'écoule à l'Est par la coupure ou col de Vararey, entre les Rochers de Chalve et Mollard-de-Chaleur ; il est séparé par le col d'Hurtières du vaste et profond bassin d'Hurtières, qui envoie ses eaux à l'Ouest par le Pas-de-la-Miséricorde au pied de la Grande-Sure. Au Nord du bassin d'Hurtières et dans l'arête qui rattache la Grande-Sure à Mollard-de-Chaleur s'ouvre le col de la Grande-Vache qui donne dans les prairies de ce nom, limitées à leur tour au Nord-Est par le col de la Petite-Vache, où cesse ce plateau et d'où le pâturage de la Petite-Vache descend assez rapidement vers la faille du Guiers-Mort.

Sans nous arrêter au col des Bannettes, nous cheminons allègrement à travers les prairies par un chemin qui serpente pour conserver à peu près l'horizontalité, et nous sommes à 9 h. 10 m. dans le berceau de Vararey, qu'il nous suffit de vingt minutes pour traverser. A 9 ¹/₂ h., sur le col d'Hurtières, la Grande-Sure se dessine plus immédiatement devant nous, et sollicite une nouvelle pose de l'appareil photographique. En même temps nous ramassons sur le col quelques beaux échantillons des fossiles moulés en silice (*ostrea macroptera* et *ostrea couloni*) qui caractérisent la bande des calcaires roux et des marnes dont est formé tout ce plateau herbeux.

A 9 h. 50 m. nous commençons la traversée du val d'Hurtières, mais au lieu de suivre le chemin qui descend à la bergerie autour de laquelle s'ébattent encore les troupeaux de vaches et de génisses que la belle saison tardive a permis d'y maintenir jusqu'à présent, ce qui nous obligerait à remonter ensuite sur l'autre versant avec une grande perte de temps, nous prenons à droite un petit sentier qui longe les escarpements de Mollard-de-Chaleur et demeurant à peu près de niveau nous amène en 35 minutes presque au col de la Grande-Vache, à un abreuvoir destiné aux bestiaux. C'est là que nous procédons à un déjeuner dont, suivant la formule, le besoin commençait à se faire sentir.

Après nous être bien reposés, nous montons en quelques pas au col de la Grande-Vache (1,600ᵐ environ d'altitude), où je prends une nouvelle vue de ce charmant vallon d'Hurtières, si vert et si bien éclairé. Nous sommes là au pied même de la Grande-Sure, et sa dernière pente nous offre un accès commode par une bande de prairies qui pénètre très avant dans les rocailles ; ce n'est que tout près de l'arête que recommencera le lapiaz.

Il est 11 h. 20 m., le ciel est toujours aussi pur et pourtant le soleil n'est plus brûlant comme au cœur de l'été. Aussi 40 minutes d'une allure régulière vont nous suffire pour escalader sans fatigue la pointe de la Sure.

Remontant tranquillement notre arête gazonnée dans la direction de l'Est, nous atteignons bientôt la crête qui donne sur la vallée de St-Laurent-du-Pont, et revenant un peu au Sud, nous sommes à midi au point culminant de la Grande-Sure (1,924 mètres).

Décrire le panorama qui s'offrit alors à nos yeux serait une œuvre impossible. Bien des fois auparavant j'avais escaladé ce belvédère, mais jamais il ne m'avait été donné d'en contempler un aussi magnifique horizon. La limpidité de l'air était telle que les cimes les plus éloignées, telles que le Mont-Blanc, les Aiguilles d'Arve et les Escrins se dessinaient nettement à nos yeux et se retrouvent encore avec leurs contours vifs et accusés sur les clichés extraordinaires que je pus faire ce jour-là.

Isolée à l'extrémité nord-ouest du massif de la Chartreuse, la Grande-Sure semble s'être élevée d'un seul jet des plaines et coteaux du Bas-Dauphiné qui viennent expirer à ses pieds. Cette situation en fait le pendant du Granier et de la Dent-de-Crolles, qui s'élèvent de leur côté à l'Est du soulèvement de la Chartreuse dominant sans intermédiaires la vallée du Graisivaudan, couchée à 1,800 mètres en dessous de leurs pointes. Chamechaude seule, la reine du massif, peut, grâce à ses 2,081 mètres, lutter d'horizon avec ces trois sommets. Pourtant si le Granier et la Dent-de-Crolles, campés plus immédiatement en face des Alpes Dauphinoises, en scrutent mieux les détails, je pencherais à croire que la vue de la Grande-Sure est plus harmonieuse et mieux fondue dans ses divers plans. Il est vrai que la splendeur rarissime de cette journée ne me permet pas d'établir un équitable parallèle.

Pourquoi, d'ailleurs, tant analyser ses sensations ? N'est-il pas plus charmant de s'y livrer sans les raisonner et d'en savourer la douceur sans essayer de nuire par une vaine comparaison à celles qu'on a ressenties autrefois ?

Je me hâtai, comme on le comprend, de dresser l'appareil, et je n'ai qu'à suivre aujourd'hui sur mon panorama pour donner une faible idée de notre horizon.

Au Nord, nos yeux se reposaient tout d'abord sur l'arête même de la Grande-Sure qui se prolonge vers St-Laurent-du-Pont, et que nous venions de suivre pendant quelques minutes. Au-dessus nous apparaissaient le Mont-Beauvoir, puis le Mont-du-Chat, et plus loin encore les sommités du Jura, se perdant dans l'éloignement. Par la coupure de St-Thibaud-de-Couz, on aperçoit le Grand-Revars ; plus à droite viennent le Mont-Otheran et le Mont de Joigny, précédant la Croix du Nivolet et les Cimes des Beauges.

Au Nord-Est, nous dominons le Col de la Petite-Vache et les crêtes de Mollard-de-Chaleur, derrière lesquelles se montrent l'Aliénard, l'arête d'Arpizon, celle de Bovinant, puis la chaîne du Grand-Som, et derrière elle le Granier et l'Alpette surmontés du majestueux Mont-Blanc.

A l'Est, au-dessus du col de la Grande-Vache, voici le haut de la grande forêt de Ginieux qui descend aux Charmettes ; au delà de la coupure du Guiers-Mort apparaissent les terres de St-Pierre-de-Chartreuse, puis au-dessus des crêtes de l'Aut-du-Scieu et de Malissard, toutes les cimes du massif d'Allevard se détachent sur le ciel, laissant transparaître de ci de là quelques-unes des fières pointes de la Maurienne, les Grands Couloirs et le Chasseforêt. Voici les Grands-Moulins, le Grand-Miceau, le Grand Clocher-du-Frène, les Pattes, le pic de Gleyzin, la cime du Grand-Glacier, Comberousse, Puy-Gris, les crêtes de Valloire, le Roc et le Bec d'Arguille et les sommets des Sept-Laux : l'Argentière, Rocher-Badon, la Pyramide, l'Agnelin et le Bunard. Ce dernier massif apparaît au-dessus de la Dent-de-Crolles qui elle-même se range derrière la croupe de Charmant-Som.

En nous tournant vers le Sud-Est, nous avons à nos pieds le vallon d'Hurtières ; au second plan, de l'autre côté de la gorge de Proveyzieux, ce chaînon boisé qui court de Charmant-Som à la Pinéa, puis au delà du col de Portes la masse énorme de Chamechaude. Vient ensuite la vallée du Graisivaudan, puis le premier rideau des Alpes Dauphinoises, où les trois pics de Belledonne se dressent juste au-dessus de la tête de Chamechaude. Dans le lointain les trois Aiguilles d'Arve, la chaîne des Grandes-Rousses, dominée par l'Etendard, la Medje et plus bas les Escrins et l'Aléfroide limitent le tableau.

Au Sud maintenant, la Pinéa précède Taillefer, puis viennent les sommets du St-Eynard, du Berluchon et de Néron ; la vallée de Grenoble fait un vide derrière eux, et là-bas ensuite on distingue les crêtes de Lavaldens, le Grand-Serre, les lacs de Laffrey, Conex, et, tout au loin, l'Obiou et les pics du Dévoluy, l'Aurouze et le Grand-Ferrand. En ramenant notre regard au premier plan, nous trouvons ensuite les Rochers de Chalve, le col des Bannettes et les crêtes d'Hurtières.

Vers le couchant, au-dessus de la vallée de l'Isère, s'étend tout le massif du Villars-de-Lans et d'Autrans, depuis le mont Aiguille, le Grand Veymont et la Moucherolle, jusqu'au Bec-d'Orient en passant par le Moucherotte, St-Nizier, le plateau de Lans et Sornin. Puis au Nord-Ouest s'étendent à l'infini les coteaux jusqu'au cours du Rhône, jusqu'aux monts lointains du Forez et du Vivarais, jusqu'à Lyon dont on distingue les toits rougeâtres et le confluent des fleuves.

Chaos sublime ! océan de cimes, dont tous les détails vous attirent tour à tour ! nous étions perdus dans cette contemplation, quand des voix se font entendre auprès de nous et bientôt nous sommes rejoints par deux bergers de Provence qui arrivent avec leurs moutons et leurs chiens, montant par l'abrupt versant occidental de la Sure. En arrivant nous les avions aperçus à leur chalet, situé dans un pâturage qui s'étend sous nos pieds, mais nous n'avions guère prévu une invasion de ce côté. Pourtant en examinant de plus près cette paroi qui, de loin, paraît infranchissable, je reconnais qu'elle est formée de petits gradins superposés, et qu'un rudiment de sentier s'est accroché de ci de là aux vires et aux saillies pour donner accès à nos nouveaux compagnons. Il faut donc retenir que la Grande-Sure est accessible par son versant occidental, et que, malgré son aspect peu engageant de ce côté, elle peut être franchie en col.

Cette découverte n'était pas pour nous d'une utilité immédiate, car mon projet était d'arriver à St-Laurent-du-Pont par la Chartreuse-de-Curière. Aussi après avoir relevé avec l'appareil presque tout le pourtour de notre horizon, avoir bien flâné et bien causé avec les pâtres, je me mets en route à 1 h. pour commencer la descente.

Coupant au plus court et dévalant à travers les pierres et les gazons, nous atteignons à 1 ¼ h. le col de la Grande-Vache, où une nouvelle halte est jugée indispensable pour photographier le col de la Petite-Vache. De là une demi-heure nous suffit en découpant les pentes de Mollard-de-Chaleur au-dessus du vallon de la Grande-Vache, tout parsemé de sapins, pour atteindre ce col de la Petite-Vache, sorte d'arête de pâturages qui confine à la forêt. Là encore nouvelle halte, car sous les rayons du soleil qui s'incline déjà, la chaîne du Grand-Som resplendit d'une façon merveilleuse, au-dessus de la Courrerie, et je ne puis résister au désir de lui consacrer ma dernière plaque.

Ce pâturage, qui s'enfonce dans les sapins et se prolonge de droite et de gauche par de merveilleuses clairières, est si séduisant qu'on a peine à s'en arracher.

Est-ce le désir d'y rester plus longtemps ou l'influence de l'idée préconçue? Mais, oublieux des magnifiques escarpements qui font au vallon de Curière une ceinture continue, j'essaie sur cette vieille Chartreuse une descente directe qui n'aboutit qu'à la nécessité..... de remonter à la Petite-Vache. J'espère cependant que cet échec ne m'aura pas trop fait déchoir dans l'estime de mon porteur, enthousiasmé jusque-là de la façon précise et directe dont je l'avais conduit à travers ce dédale de forêts, de prairies et de rochers.

Enfin, à 3 h., nous quittons définitivement notre col, et descendant rapidement à l'Est dans le fond de la combe herbeuse, nous trouvons bien vite un assez bon sentier qui, quelques pas plus loin, se transforme en un chemin d'exploitation. La forêt que nous traversons maintenant, avec une pente trop douce à mon gré, est vraiment magnifique, et c'est à quelques pas de nous que se trouvent les sapins géants que vont souvent admirer les visiteurs de la Chartreuse. A 3 h. 50 m. nous rejoignons la grande route forestière qui va de St-Laurent-du-Pont aux Charmettes, en passant par Curière et Tenaison.

De là nous pourrions en une heure environ atteindre la maison et la Croix des Charmettes[1], et en suivant la combe qui y prend naissance, regagner en deux heures et demie Proveyzieux et l'*Hostellerie du Grand-Gouzier:* mais ce ne serait point la complète traversée que j'ai projetée. Arrivés à la route nous tournons donc à gauche et nous descendons à grands pas vers St-Laurent-du-Pont.

Notre route est tracée à mi-hauteur de la montagne, et là-bas, tout au fond de la gorge où mugit le Guiers-Mort, on aperçoit par quelques éclaircies la

---

[1] Voir l'*Écho des Alpes*, n° 3, de 1883.

route de la Grande-Chartreuse. Celle que nous suivons n'est destinée qu'à l'exploitation des forêts, et doit être continuée bientôt à travers les Sangles[1], pour rejoindre à Malamille celle qui vient du Grand-Logis. Quand ce travail que l'on pousse activement sera achevé, il y aura ainsi deux belles routes pour aller de St-Laurent-du-Pont à St-Pierre-de-Chartreuse, celle du fond de la gorge, si connue et si vantée, et celle plus belle encore qui passera à travers toutes ces magnifiques prairies de Curière, Tenaison, Malamille et Vallombreuse.

En vingt minutes de descente, nous arrivons, après avoir traversé un tunnel fort intéressant, à la prairie et à la Chartreuse de Curière. Dans ce site enchanteur, les Chartreux avaient jadis installé une succursale où les Pères malades venaient jouir d'un climat plus doux. Aujourd'hui les bâtiments, très pittoresquement situés, sont affectés par eux à une école de sourds-muets. Il y aurait encore là ample matière à contemplation, mais à la fin de Septembre les jours sont courts, et la lumière décroissait sensiblement.

Passant donc sans nous arrêter à 4 h. 10 m. devant la vieille Chartreuse, nous rentrons bientôt dans la forêt qui tapisse d'une sombre parure les deux versants de la combe du Guiers-Mort. A 4 $^{1}/_{2}$ h., nouvelle éclaircie ; c'est la clairière et la prairie de Curiérette, après laquelle nous rentrons dans un magnifique bois de hêtres. Quelques lacets descendent les dernières pentes, et bientôt nous rejoignons, non loin des bâtiments où les Pères Chartreux font aujourd'hui fabriquer leur liqueur, la grande route de la Chartreuse. A 5 h., nous faisons notre entrée à St-Laurent-du-Pont : la traversée de la montagne était achevée.

La dernière voiture qui vient de St-Laurent-du-Pont

---

[1] Voir comme plus haut.

à Grenoble était déjà partie, mais de ce gros bourg, les voies de retour sont nombreuses et faciles. Après un bon souper, nous prenons la diligence de Voiron, qui nous fait traverser par une belle lune les sombres gorges de Crossey, et nous amène en deux heures à la ville manufacturière de Voiron. Le dernier train qui vient de Lyon nous emporte bientôt, Fourneton à St-Egrève et moi à Grenoble. J'étais déjà dans mon lit que mon porteur, dont je n'ai eu qu'à me louer pendant cette longue journée, achevait la montée de la nouvelle route pour rentrer à Proveyzieux.

H. FERRAND,
Membre de la Section genevoise du C. A. S.

A TRAVERS LES MONTAGNES DE LA CHARTREUSE

LES SOURCES DU GUIERS MORT

ET

LA DENT DE CROLLES (2066 mètres)

Les 16 et 17 Septembre 1887

Extrait de l'*Écho des Alpes*. — N° 4, 1888.

Le 16 Septembre 1887, je me trouvais à Chambéry, de retour d'une petite excursion dans la région du Mont-Blanc et ayant encore devant moi quelques jours de liberté. Je résolus de les employer à effectuer mon retour au travers du massif de la Grande Chartreuse, dût mon piolet s'y trouver quelque peu dépaysé. Je venais de passer une semaine dans les rocailles et les glaces, et je pensais que le contraste augmenterait encore le plaisir que j'allais éprouver au milieu des bois et des prairies verdoyantes de ces gracieuses montagnes.

Le 17 au matin, je quittais donc la cité des Ducs de Savoie et je me dirigeais vers le Col du Frêne, qui devait me donner accès dans la vallée du Guiers-Vif.

Du faubourg Montmélian, on suit, devant la caserne de cavalerie, la grande route qui va passer à la Fontaine Saint-Martin; mais peu soucieux de savourer la poussière, je prends à gauche au premier contour le joli chemin qui monte vers les Charmettes. L'ancienne maison de Mme de Warens dépassée, je me laisse aller, au gré de ma fantaisie, à essayer de diverses spéculations de plus en plus embrouillées, et me voilà tantôt longeant, par un sentier fort agréable, un joli petit bois de chênes, tantôt arpentant les champs et les terres labourées. Que j'aie pris par le plus court et le plus commode, je n'en suis pas bien sûr! mais je vagabondais avec délices dans la fraîcheur du matin, et je ne sentais guère le poids du sac. Le temps s'annonçait magnifique, et c'eût été vraiment dommage, sous un si beau soleil, de n'avoir point faussé compagnie à la grande route. Il n'y avait du reste pas besoin d'être très ferré sur la topographie locale pour ne pas risquer de s'égarer, car le petit chaînon du Col de la Fosse était là devant moi, et dès l'instant que le respect des récoltes enlevées ne pouvait pas m'arrêter, je n'avais qu'à l'atteindre pour retrouver bien vite, trop vite même, la grande route.

Un chemin se présente, encadré de haies et ombragé de noyers, si plaisant à la vue, que je ne puis résister à son invite. Il me conduit au travers de quelques petits hameaux, me fait suivre la base du chaînon qui s'escarpe avec ses roches curieusement recouvertes de buis, et finalement me ramène à la route au bas de son premier lacet. J'évite le contour par un raccourci d'une assez bonne pente, et à 7 heures je suis à l'entrée du petit tunnel qui a remplacé l'ancien Pas de la Fosse tout en en gardant le nom (867 m.).

Il y avait deux heures que j'avais quitté l'hôtel de France, à Chambéry; le raidillon m'avait un peu fait souffler, et la vue était d'ailleurs si tentante que je m'arrêtai pour en jouir à mon aise. J'avais à mes pieds le plateau fertile que je venais de traverser ; en arrière les toits d'ardoise de Chambéry blanchissaient sous le reflet du soleil, et plus loin le lac du Bourget prenait des tons d'un bleu profond entre la riante campagne d'Aix toute ensoleillée à droite, et les vertes parois de la Dent du Chat à gauche. Plus à droite se dressait la Croix du Nivolet dont Phébus commençait à sculpter les gradins, et quelques cimes des Beauges apparaissaient par les échancrures de la première chaîne. Tout ce paysage se montrait net et précis, comme égayé par la resplendissante lumière, et la pureté de l'atmosphère annonçait un de ces beaux jours sans nuage si agréables dans la montagne.

Au bout de quelques instants, je m'enfonçais dans le tunnel, et de l'autre côté le décor changeait tout à coup. C'était maintenant la plaine de l'Isère si riante et si belle qui s'étendait au delà des vignobles d'Apremont et des Abymes de Myans, dominée par les cimes dentelées de la chaîne du Grand Arc et les premiers sommets des montagnes d'Allevard ; elle s'enfuyait au Nord vers la Tarentaise, tandis qu'au Sud la face abrupte du Granier bornait mon horizon et semblait plus gigantesque par sa cassure verticale.

Je suivais allègrement la route qui montait en pente douce se déroulant comme un long ruban au flanc du coteau, quand une petite maison s'offrit à mes yeux à une éclaircie du bois. Ce mot magique : *la Cantine* me fit sentir l'appétit que ma promenade de 2 ¹/₂ h. avait commencé à aiguiser, et j'entrai dans la salle proprette de l'auberge. Tout en me préparant de nouvelles forces, je me pris à songer que si j'avais déjà fait plusieurs fois le trajet du Col du Frêne pour aller à St-Pierre d'Entremont ou en venir, je n'avais jamais gravi le Mont de Joigny, et j'en vins bien vite à me dire que les sentiers qui le traversaient seraient plus intéressants à suivre que la grande route, toujours un peu fastidieuse pour l'alpiniste, malgré la beauté du site. Aussi, quittant la cantine à 8 heures, je prenais bientôt sur la droite le bon sentier, récemment amélioré par la section de Chambéry du C. A. F., et qui devait me conduire au but.

Oh ! l'agréable petit sentier, et le gentil bois qui l'entourait, tout juste assez pour l'abriter, et pas trop pour lui ravir ni la vue, ni la lumière ! Aussi je déroulais insoucieusement ses lacets, picorant une fraise par-ci, jetant un coup d'œil par-là, et m'élevant sans fatigue et sans m'en apercevoir.

La pente, qui n'était pas rude, s'adoucit, la montagne devient plateau, et je suis au sommet du Mont de Joigny (1550 m.).

Certes, le Joigny, j'en puis être garant, n'aura jamais la prétention de se donner pour un des principaux belvédères de la Chartreuse, mais il n'en offre pas moins un point de vue très intéressant, et par la belle lumière de cette pure journée j'y passai une heure fort agréable. L'attention est d'abord attirée par la grande muraille du Granier, l'immense escarpement de sa cassure qui paraît surplombante, et la longue série de gradins étagés qui dominent le vallon d'Epernay. Cette riante vallée qui se profile devant vos yeux pour se continuer de l'autre côté de St-Pierre d'Entremont par le vallon des Meuniers, semble aboutir au cône bizarre de Chamechaude, tandis qu'à droite se dressent le Grand Som et ses contreforts, rattachés à notre belvédère par la chaîne du Mont Otheran. Plus au Nord, on distingue les plaines du Pont de Beauvoisin et du Lyonnais, puis la longue arête de la montagne de l'Epine et de la Dent du Chat nous amène au gracieux bassin du lac du Bourget et aux campagnes d'Aix. Au Nord-Est, nous scrutons tout le massif des Beauges dominé par l'étincelant Mont-Blanc, et le tour

d'horizon se termine au relief du Grand Arc et de la
Dent du Corbeau, entre la Tarentaise et la Maurienne.

Il n'est, dit-on, si bonne compagnie qui ne se quitte :
aussi vers dix heures et demie, je mettais un terme à
ma contemplation, et sans m'occuper beaucoup des
sentiers qui, trop nombreux, se disputaient mon choix, je
me dirigeais à travers les clairières vers le fond de la
vallée. Quand on quitte ainsi, sans souci du chemin à
suivre et sans difficultés à surmonter, un point de vue
agréable, les premiers pas se font lentement et comme
à regret ; on s'arrache avec peine au spectacle qui vous
a charmé, et l'on regarde encore plus à l'horizon qu'à
ses pieds. Puis, comme peu à peu le panorama diminue
et le charme s'efface, la marche s'accentue et l'attention
est ramenée vers le but à atteindre. C'est ainsi que,
sans trop savoir comment, je finis par me surprendre
dévalant à toute vitesse à travers bois et bruyères.
Inclinant fortement à gauche, je rejoins à 11 heures la
route du Col du Frêne auprès du hameau de la Coche.
Pour aujourd'hui l'ascension est finie, et me voilà de
nouveau dévorant des kilomètres sur la grande route.

Mais la grande route en montagne est plus attrayante
que la grande route en plaine, et si les jambes peuvent
trouver le chemin un peu monotone, il n'en est pas de
même des regards et de l'attention, toujours tenus en
éveil par le décor qui change à chaque détour. Un peu
moins de trois kilomètres au milieu d'un vallon ouvert
et bien cultivé, longeant toujours la base des escarpements du Granier, m'amènent au joli village d'Entremont
le Vieux ou Épernay, où se réunissent les diverses
ramifications de la vallée. (840 mètres d'alt.)

C'est de là que je suis jadis parti pour l'ascension du
Granier, tant par l'Alpette et le Pas des Barres que par
le Pas du Souterrain, et j'ai conservé bon souvenir de
la jolie gorge dans laquelle le Couzon et la route se

disputent l'espace pour parvenir à St-Pierre d'Entremont.
Mais je me rappelle aussi un plus charmant chemin de
montagne suivi dans mon enfance, alors que la route
n'était pas encore ouverte, et puisque aujourd'hui je me
traîne au fond des vallées, il faut au moins agrémenter
cet humble trajet. A un kilomètre environ d'Epernay, je
prends à gauche un chemin à chars qui s'élève un peu
au-dessus de la route, et pénétrant bientôt dans les
taillis, arrive rapidement au site sauvage et pittoresque
où se dressent les murs de l'ancien château d'Epernay.
La vieille forteresse dominait les gorges, alors inacces-
sibles, où passe maintenant la route, et commandait le
défilé qui rattachait le vallon d'Epernay à la vallée du
Guiers-Vif et à St-Pierre d'Entremont. Ses ruines ont
encore un grand caractère et le site qui les entoure est
bien assez intéressant pour justifier le léger détour que
sa visite impose au promeneur.

Le chemin serpente ensuite sur le flanc du coteau
boisé, et sans avoir repris la grande route, je descendais
à midi et demi sur St-Pierre d'Entremont (640 m.).

Dans la bonne hospitalité de Mollard, je me restaure
de cette première traite, et désireux d'être moins seul
demain, de me reposer aussi du poids du sac sur un dos
étranger, je fais venir Bourgeois, le principal guide de
la vallée d'Entremont. Il ne connait pas le chemin de la
Dent de Crolles, surtout le chemin un peu fantaisiste
que je veux prendre pour en varier l'accès, mais
qu'importe ! c'est un solide et gai compagnon, et c'est
tout ce dont j'ai besoin.

A 3 heures, nous quittons St-Pierre d'Entremont, et
nous prenons la route du Col du Cucheron en remontant
le vallon des Meuniers. Le premier lacet de cette route,
escaladant un contrefort de prairies entre le cours du
Guiers-Vif à l'Est, et le ruisseau des Meuniers à l'Ouest,
nous fournit un coup d'œil merveilleux sur St-Pierre

d'Entremont, avec ses maisons étalées sur les bords du Guiers, dominées par sa grande église, au pied de la Roche des Courriers, puis le trajet se continue au milieu de riants vergers, dans la vallée qui s'élève en pente douce entre les contreforts de la Lance de Malissard à l'Est et la croupe du Grand Som à l'Ouest. Après le village assez important des Cloîtres, la route pénètre à gauche dans un repli de la montagne où le paysage se modifie soudainement. On se trouve à la lisière d'un bois de sapins, sombres et resserrés, au fond d'un ravin où bouillonne un torrent écumeux ; en le remontant, on arriverait dans la vaste forêt de Malissard, la plus reculée de ce massif, où l'on prétend que vivent encore quelques ours, et qui fut le dernier asile des loups et des lynx dans les montagnes de la Chartreuse. De là, on parviendrait au Col de la Saulce, et par lui au Col de Bellefonds et aux plateaux de l'Aut-du-Scieu et de la Dent de Crolles. Mais cet itinéraire n'entre point dans nos projets, et une courte montée nous ramène bientôt à la pure lumière et à la tranquille verdure du vallon principal ; nous traversons la paroisse de St-Philibert, et à 5 ¹/₂ h. nous sommes sur le Col du Cucheron (1080 m. d'altitude).

De l'autre côté du col, que garnit un mince rideau de forêt, nous sommes dans le bassin du Guiers Mort, et par un assez court vallon tout parsemé de prairies, de bouquets de bois et de cultures, au milieu desquelles s'élèvent des maisons à l'apparence confortable, nous descendons en moins d'une heure au village de St-Pierre de Chartreuse (894 m.), où je me proposais de passer la nuit.

Bâti dans une très heureuse situation, sur un mamelon dominant à une certaine hauteur le cours encaissé du Guiers Mort, et détaché du versant méridional du Grand Som, qui l'abrite des vents du Nord, St-Pierre de Chartreuse jouit d'un climat fort agréable, et doit à la proximité des sapins et à la beauté du vallon qu'il commande une vogue qui va en s'accentuant chaque année. Depuis longtemps déjà la vieille auberge était insuffisante pour abriter les touristes dont l'affluence en fait une véritable station estivale, et qui réclamaient énergiquement un confort un peu plus en rapport avec les goûts modernes. Un homme intelligent, sans se lancer dans de coûteux frais de construction, y a aménagé un petit hôtel très convenable, si goûté des touristes qu'on n'y trouve pas toujours de la place. Ce soir-là, par bonheur, le nombre en était un peu moindre, et je pus heureusement me faire héberger à l'hôtel Victoria.

Sur la place même de St-Pierre de Chartreuse se croisent deux chemins : la grande route, prolongement de celle par laquelle nous descendions du Col du Cucheron, qui gagne par deux grands lacets le bord du Guiers Mort à 800 mètres environ d'altitude, pour se diriger d'une part vers la Grande Chartreuse et de l'autre vers le Sappey et Grenoble, — et la route de Perquelin. Cette dernière, tracée presque horizontalement au flanc d'un coteau verdoyant, remonte le cours du Guiers en s'enfonçant dans une gorge boisée que l'on voit se terminer au pied de la grande muraille de l'Aut-du-Scieu. Nous la suivions rapidement, au matin du 17 Septembre, sous une fraîche buée qui estompait doucement les tons noirs des sapins pressés sur la rive opposée.

En vingt minutes, auprès d'une vieille scierie, nous rejoignons le torrent que l'on passe sur un pont rustique, et la route commence à remonter un peu sur la rive gauche, traversant çà et là de charmantes clairières. Après nous avoir successivement présenté à chaque détour des points de vue ravissants, où les sinuosités du Guiers précédant la muraille de fond qui semblait s'élever sans cesse, ajoutaient un attrait de plus à ce séduisant paysage, elle cesse sur la rive droite, au devant des trois ou quatre maisons, un peu perdues dans ce coin reculé, qui forment le hameau de Perquelin. (1000 mètres environ d'altitude.)

Repassant sur la rive gauche (6 heures), nous laissons à droite le chemin du Col des Ayes, qui me ramènerait trop vite dans la vallée de l'Isère, et nous prenons à l'entrée de la forêt un chemin de montagne dont la pente rapide ne le cède guère aux cascades du Guiers que l'on entend gronder dans un abîme moussu. A 6 $^1/_2$ h., nous avons escaladé un contrefort, le long duquel le chemin est établi à plusieurs reprises en encorbellement sur des troncs d'arbres, et nous atteignons en pleine forêt un petit replat (1200 mètres environ).

Nous sommes maintenant au pied même du talus couvert de vieux sapins, qui précède la grande muraille, et le Guiers Mort, que nous traversons sur quelques pierres, tombe à notre droite d'une haute terrasse toute encadrée de verdure. Sa cascade, d'abord unique, se brise sur un obstacle saillant pour former en dessous une admirable lyre, dont les cordes se résolvent en fine poussière avant d'atteindre le sol. Sur la gauche, le chemin continue dans la forêt pour atteindre les pâturages de l'Aut-du-Scieu par le Col de Bellefonds, ou revenir à St-Pierre d'Entremont par le Col de la Saulce; mais la Source rarement visitée du Guiers Mort est le premier objectif de ma course, et il faut l'aller chercher au dessus de la cascade.

Un sentier rapide sur la rive droite s'élève en lacets dans le bois, et après avoir pris de la cascade une photographie qui s'est trouvée très belle malgré l'heure matinale, nous le gravissons avec entrain. A 7 heures, il nous amène sur le bord d'une sorte de godet moussu, accolé à un petit escarpement de calcaire en bancs très minces, d'où sort abondamment une eau pure et limpide;

c'est la Fontaine Noire, site très curieux, et en effet très sombre sous le couvert du bois qui recommence à se peupler de sapins. Encore quelques lacets, et au-dessus de ce ressaut, auprès de pauvres baraques de bûcherons, le sentier bien marqué, qui nous avait guidés jusqu'alors, fait place à quelques traces indécises qui bientôt s'effacent complétement. Le nombre des visiteurs des Sources est trop restreint pour entretenir le sentier, et la végétation, très puissante dans ce vallon humide, l'a recouvert presque entièrement. Montant directement à travers bois la pente assez malaisée, nous en retrouvons de ci, de là, certains fragments, et j'incline vivement à droite pour me rapprocher du cours du ruisseau dont la belle cascade est déjà bien au-dessous de nous. La pente s'humanise, nous traversons encore quelques bouquets de vernes, et à 7 $^1/_2$, h. nous voyons, au pied de la paroi supérieure de la montagne, s'ouvrir la large grotte qui donne naissance au Guiers Mort. Elle est inabordable par la rive droite, mais en traversant à nouveau le ruisseau et en remontant par un talus caillouteux à côté de sa première cascade, qui filtre en quelque sorte au travers d'une mousse longue et noire, nous arrivons en cinq minutes à l'orifice de la grotte (1350 mètres environ).

Une nappe d'eau de huit à dix centimètres de profondeur couvre tout le sol de l'entrée, qui mesure de 5 à 6 mètres de largeur sur environ 4 mètres de hauteur. Moyennant un léger bain de pieds, nous pénétrons dans l'ouverture et nous sommes bientôt au sec sur des débris entassés. Le couloir s'enfonce directement dans les entrailles de la roche pendant une quinzaine de mètres, puis il se divise. A droite, la galerie n'est bientôt qu'une fissure où l'on ne peut pénétrer, mais celle de gauche continue avec de grandes dimensions, et semble devoir se prolonger profondément dans la montagne. Dépourvu de tout luminaire, et n'ayant d'ailleurs qu'un goût très limité pour les excursions souterraines, je bats bientôt en retraite, et nous revenons à la lumière du jour.

Du seuil même de la grotte on jouit d'un assez joli coup d'œil sur le vallon si boisé du Haut-Guiers-Mort, sur le col de la Saulce à droite, et le Grand Som et l'Aliénard à gauche ; aussi, nous nous installons sur quelques pierres, pour procéder à une collation nécessaire en face de cet intéressant spectacle.

Mon intention est maintenant de gravir la Dent de Crolles, et d'aller sur cet admirable belvédère jouir du panorama sans limites que me promet le temps merveilleux qui dure depuis hier. Mais la paroi continue des roches qui surplombent sur nos têtes et soutiennent le plateau de la Dent de Crolles n'offre à ma connaissance de brèches que vers le Col de Bellefonds au Nord-Est, ou vers le Trou-du-Glas au Sud-Ouest. Le premier de ces itinéraires serait trop long, et sans doute peu commode à rejoindre, tandis que sur le flanc gauche de la grotte commence un joli sentier qui suit la base du rocher, et semble bien manifestement se diriger vers le Trou-du-Glas. Il n'y a donc qu'à le suivre, et c'est ce que nous nous mettons en devoir de faire à 9 heures.

Capricieux comme tous les sentiers fréquentés et frayés par les moutons, de temps en temps envahi par la végétation, et recouvert par la forêt qui vient expirer au pied de l'escarpement, notre sentier n'est pas toujours d'une commodité parfaite. Mais il progresse bien dans notre direction, il monte sans cesse en suivant les contours de la paroi rocheuse, et il nous est d'une grande utilité sur ces pentes parfois très prononcées. De temps en temps, j'examine les rochers supérieurs, croyant toujours approcher du passage de la cheminée, que j'ai déjà si souvent pratiquée ; mais la distance à parcourir est plus longue que je ne le pensais, et de l'autre côté du vallon qui mène de Perquelin au Col des Ayes et dont la déclivité s'enfonce de plus en plus à côté de nous, les sommets du Roc d'Arguille ont beau s'abaisser, toujours un nouveau redan succède au précédent, une nouvelle combe à celles déjà traversées, sans que l'on puisse voir quand prendra fin ce trajet monotone.

Cependant, nous commençons à dépasser l'étage forestier, les sapins et les hêtres restent en dessous de nous, et la prairie que nous découpons n'est plus peuplée que de petits buissons de vernes et de rhododendrons. Enfin, j'aperçois devant nous, et au-dessous de nous la large échancrure du Col des Ayes, et je vois le sentier qui en arrive se profiler de façon à parvenir au-dessus de nos têtes. Je comprends alors que le banc de rochers qui nous limite ne se soude pas aux rochers supérieurs, et en une courte escalade, nous arrivons à la terrasse sur laquelle s'ouvre le Trou-du-Glas, à l'orifice duquel nous rejoignons le sentier du Col des Ayes. (10 ¹/₄ h. — 1700 m. environ d'altitude).

Le Trou-du-Glas est, lui aussi, une grotte large et profonde qui s'insinue au cœur de la montagne. Ce massif calcaire qui s'étend de la Dent de Crolles au Granier est ainsi tout fissuré, et quoiqu'on n'ait jamais traversé de l'une à l'autre, les hardis explorateurs qui se sont avancés pendant des heures entières dans les diverses galeries qui le sculptent, prétendent que le Trou-du-Glas doit communiquer avec une caverne qui s'ouvrirait dans la paroi escarpée dominant la vallée du Graisivaudan, et avec les grottes des sources du Guiers-Mort et des sources du Guiers-Vif. Il est dans tous les cas certain que ces deux dernières grottes communiquent avec les fissures des lapiaz qui occupent le plateau supérieur, car c'est par ces infiltrations que leurs cours d'eau sont alimentés.

Le Trou-du-Glas ne reçoit pas autant de ces infiltrations, car il ne donne naissance qu'à de faibles suintements ;

mais comme une température très fraîche y est toujours entretenue par un courant d'air assez sensible qui traverse la grotte, il présente pendant la plus grande partie de l'année une sorte de banc de glace vers son orifice, et c'est à cette particularité qu'il doit son nom. On y trouvait aussi jadis des stalactites et stalagmites de toute beauté, mais les amateurs, en leur vandalisme inconscient, les ont tous brisés pour les emporter. Il faut maintenant pénétrer assez avant dans la galerie pour la voir refléter par mille facettes les feux des torches ou des lanternes.

Mon compagnon, qui ne connaissait pas le Trou-du-Glas, y pénètre aussi avant que le permet notre manque de luminaire, tandis que je me repose un peu en face d'un panorama déjà fort étendu, mais que je retrouverai bien plus complet au sommet, puis, à 11 $^{1}/_{4}$ h., nous nous remettons en marche.

Je connaissais de longue date le chemin d'ascension de la Dent de Crolles par le Trou-du-Glas, car, si l'on ne suit pas sans hésitation un guide en qui l'on ait pleine confiance, il est difficile d'admettre que ce soit là un passage praticable. Il s'agit de franchir la ceinture continue d'escarpements qui entoure le plateau supérieur, et l'on a choisi pour cela un des points où la paroi est la plus basse en même temps que la plus accidentée. Le *sentier* a été réparé il y a douze ans par les soins de la section de l'Isère du C. A. F., mais comme on n'y a rien fait depuis lors, les intempéries y ont continué leur œuvre, et c'est à peine si l'on retrouve trace du travail d'alors.

A quelques mètres au Nord du Trou-du-Glas, il faut gravir par quelques entailles une paroi assez lisse, puis on suit une petite corniche de gazon qui va en s'élevant jusqu'à une sorte de redan qui donne sur le vide. Au delà d'un pas un peu bien grand pour de petites jambes, on aperçoit une fissure au-dessus de laquelle un gros bloc éboulé de la paroi supérieure se trouve engagé. Il faut pénétrer dans cette fissure, passer sous le bloc, et s'élever de l'autre côté par de nouvelles entailles qui vous portent bientôt au sommet de la paroi septentrionale de la fissure. De là, le sentier mieux marqué serpente de corniche en corniche, et met à profit les retraits des bancs superposés de la roche, pour progresser au milieu de touffes de rhododendrons et de buissons des plus rabougris.

Une nouvelle escalade un peu plus accentuée dans une brèche du dernier banc, et à 11 $^3/_4$ h. nous débouchons sur le plateau supérieur.

Plateau est le seul mot que l'on puisse employer, et pourtant l'idée qu'il éveille n'est pas celle qui correspond à la réalité. C'est une sorte de vaste parallélogramme qui aurait de trois à quatre kilomètres de long sur 800 à 1000 mètres de large, et qui figurerait assez bien la pente d'un vieux toit dont une partie de la charpente aurait cédé. La ligne supérieure, qui se rattache au haut des escarpements dominant la vallée de l'Isère, formerait l'arête, et nous débouchions presque à l'un des coins inférieurs, la pente se prononçant directe de ce point-là au sommet, tandis qu'à l'angle inférieur opposé une dépression plus marquée, une sorte d'affaissement, s'excavait au point où le chemin que nous avions quitté pour monter aux grottes du Guiers s'élevait vers ce plateau et le Col de Bellefonds, sa limite septentrionale. Toute cette surface, formant le dessus d'un grand banc de calcaire néocomien supérieur ou oxfordien, est crevassée et fendillée par les agents atmosphériques, et constitue un vaste lapiaz, dont quelques parties sont recouvertes de débris, d'autres de gazon, et dans les fentes duquel ont poussé çà et là des oasis de rhododendrons ou des buissons de pins rampants et rabougris.

Au Sud, suivant une diagonale presque entière du

plateau, se montrait la pyramide du Signal surmontée d'une croix de bois, et nous nous dirigeâmes le plus directement possible vers notre but. Quelques passages de lapiaz nous procurent une gymnastique d'arête en en arête, le plus souvent possible nous suivons les gazons, et nous employons ainsi $^3/_4$ d'heure pour parvenir au sommet de la Dent de Crolles (2066 mètres) à 12 $^1/_2$ h.

Là, nous attendait un panorama féerique, et jamais dans mes sept à huit précédentes ascensions je n'avais joui d'un horizon aussi pur et aussi étendu. Aussi ne tardai-je pas à monter l'appareil photographique, et à relever en une suite de plaques l'inoubliable spectacle qui s'offrait à mes yeux.

Cette pointe qui termine au Sud d'une façon si abrupte et si aiguë la longue muraille qui domine de Montmélian à St-Ismier la vallée du Graisivaudan, la seconde en hauteur du massif de la Chartreuse, s'élève directement par un magnifique escarpement des coteaux couchés à ses pieds ; en sorte que du sommet on croirait surplomber sur ces cultures de St-Pancrace qui apparaissent à peine et sur le profond sillon de la vallée au milieu de laquelle serpente l'Isère.

Ce qui frappe tout d'abord les regards en arrivant à la pyramide, c'est le premier chaînon des Alpes Dauphinoises, qui se dresse noir et déchiqueté en face de vous, de l'autre côté de la vallée, puis l'œil se promène sur cet immense horizon.

Si l'on commence l'examen du panorama au monarque des Alpes, au Mont-Blanc, qui pour nous se dressait presque exactement au Nord, nous le voyions surgir des montagnes de Beaufort, droit au-dessus du relief du Rillan et de la continuation de notre plateau s'avançant vers l'Aut-du-Scieu. En descendant vers l'Ouest, on distinguait ensuite les pointes aiguës de la Dent d'Hérens, du Cervin, les masses blanches du Mont-Rose dominant le massif du Grand Arc ou de la Dent du Corbeau. Puis venaient les dentelures de la Tarentaise, le Mont-Pourri, peut-être la Sassière, la Grande Casse, les Aiguilles de Pèclet et de Polset, précédant la chaîne d'Allevard qui, des Grands Moulins aux pics des Sept Laux, s'offrait tout entière à nos regards. La coupure du Pas de la Coche permettait aux Grandes Rousses de montrer leurs glaciers étincelants et toute la suite de leurs sommets, des Parons à l'Herpie. Le massif de Belledonne, dominé par ses trois pics si nettement découpés, laissait apparaître quelques blanches cimes du Pelvoux. Au Sud, le regard suivant la vallée du Drac allait pénétrer jusque dans le Dévoluy, relever les pics de l'Obiou et du Grand Ferrand, puis il s'arrêtait au Mont-Aiguille, au Grand Veymont et à toute la longue chaîne de la Moucherolle et du Villard de Lans.

Plus près les pointes de notre massif, le St-Eynard, Berluchon, Néron, la masse même de Chamechaude, la seule qui nous dépasse en hauteur, nous amènent aux cimes de la Pinèa, de Chalve, de Charmant Som et de la Grande Sure qui forment comme un rideau à l'Ouest cachant les plaines du Lyonnais, et conduisant jusqu'au relief plus accusé du Grand Som.

Vers le Nord, c'était au premier plan la brèche par laquelle nous avions atteint le plateau ; derrière elle s'étageaient le sombre vallon du Guiers-Mort, puis le Col de la Saulce, la vallée d'Entremont, et plus loin le Mont Otheran, le Granier, la Croix du Nivollet, et les Beauges, rangées au pied du Mont-Blanc.

Telles étaient les grandes lignes de ce merveilleux horizon dans lequel un examen plus attentif faisait à chaque instant ressortir de nouveaux détails et distinguer de nouvelles cimes. C'est une banalité que de dire qu'à pareille fête les minutes s'envolent. Perchés sur notre bout de rocher, les yeux dilatés par l'admiration, insa-

tiables de contempler, nous serions restés jusqu'à la nuit
en face d'un si prestigieux tableau, scrutant la carte que la
nature étalait sous nos yeux. Mais quelques tiraillements
d'estomac, dure nécessité ! nous rappelèrent aux lois
d'ici-bas, et nous pensâmes qu'il fallait, pour arroser la
seconde collation, aller chercher un peu d'eau à la Fontaine des Ayes.

Pour descendre, je n'allais pas refaire le détour du
Trou-du-Glas, quand à côté même du sommet s'ouvrait
un passage, vertigineux il est vrai, mais que j'avais
quatre ou cinq fois pratiqué. Nous voilà donc à deux
heures pénétrant dans un demi-entonnoir de gazon qui
commence à dix mètres environ au Nord de la pyramide et donne directement sur l'immense précipice des
Ayes. Pour qui n'y aurait jamais passé, les premiers pas
seraient certainement des plus émouvants, et mon compagnon, tout rompu qu'il est aux dures escalades du
Granier, ne laisse pas que d'ouvrir de grands yeux en
me suivant sur cette pente dont il n'augure rien de bon.
Mais peu à peu on s'aperçoit que le sentier, tracé et
entretenu par les pâtres, n'est point mauvais du tout, et
qu'il sait habilement circuler entre les corniches étroites
mais gazonnées, glissant de l'une à l'autre, au gré des
plissements et des sinuosités de la roche. Bientôt nous
contournons une dent de rocher de forme bizarre, une
aiguille détachée du reste de la masse, qui a fait donner
à ce passage le nom qu'il a dans le pays (Pas de l'*Œuille*,
en français, de l'Aiguille), puis, tirant à droite, nous
échappons bientôt à l'inquiétante perpendicularité de
l'abîme pour nous trouver au-dessus des prairies très
inclinées qui montent du Col des Ayes. Encore deux ou
trois corniches, et à 2 $^1/_2$ h. nous sommes au bas de
l'escarpement, et en regardant derrière nous, nous avons
peine à admettre que nous ayions pu si facilement sortir
de si formidables rochers. La pente de la prairie est

★

descendue doucement, tant pour admirer le plus long-temps possible le reste du panorama que pour épargner nos jarrets, et à 3 heures nous sommes sur le Col des Ayes (1550 mètres environ), dont la vaste échancrure séparant le Roc d'Arguille de la Dent de Crolles donne accès au chemin de St-Ismier à la Grande Chartreuse par St-Pancrace et Perquelin.

A quelques minutes en dessous de l'arête, nous trouvons une source fraîche et abondante, auprès de laquelle nous procédons à la collation réclamée par nos estomacs.

C'est là que je me sépare de mon brave compagnon, car il est inutile de le faire descendre dans la vallée de l'Isère, et à 4 heures il repassait le Col des Ayes, suivant le chemin de Perquelin et reprenant la direction de ses montagnes.

Pour moi, rechargé de tout mon bagage dont le poids ne laisse pas d'être sensible, je m'abandonne à la déclivité de la prairie, et laissant à gauche le grand chalet où se fait le beurre, j'atteins à 4 heures 20 minutes la lisière du bois où recommence le chemin muletier. Le soleil à son déclin me poursuit de ses rayons brûlants au travers du taillis et dans le chemin caillouteux, et cette partie du trajet, qu'on ne peut malheureusement éviter, m'est certainement moins agréable que le parcours du haut plateau. Enfin, après avoir contourné et traversé le vaste et profond ravin que nous dominions si bien tout à l'heure, je retrouve le grand air et la vue en débouchant dans les cultures de St-Pancrace, et 5 heures sont sonnées depuis quelques instants seulement quand je pénètre au village où est l'Eglise, dans la bonne auberge de Dubois, mon premier guide à la Dent de Crolles.

St-Pancrace est assis sur une première terrasse de coteaux à mille mètres de hauteur moyenne, séparée de la vallée de l'Isère par une ceinture d'escarpements moins élevés, mais non moins continus que ceux qui soutiennent le plateau supérieur. Un chemin muletier d'une excessive raideur en certains points le rattachait seul à la plaine ; depuis quelques années, on a ouvert en encorbellement et en tunnels dans la paroi rocheuse une belle route qui, par deux grands lacets, vient après un parcours de neuf kilomètres se souder près du village des Eymes à la grande route de Grenoble à Chambéry par la rive droite de l'Isère.

Après m'être quelque peu rafraîchi chez mon ancien guide, avoir vidé quelques verres de bière au souvenir de nos anciennes ascensions, je me hâte sur la nouvelle route pour rentrer ce soir même à Grenoble. La traversée de l'escarpement, au-dessus du grand creux où la cascade de Craponoz décrit sa parabole, est vraiment merveilleuse, et le coup d'œil que l'on en a sur la chaîne des Alpes Dauphinoises et sur la vallée de l'Isère, plus immédiat, plus proche que celui dont j'avais joui du sommet, suffirait à dédommager de la fatigue d'une grande ascension. Plus bas l'on rentre dans le taillis, quelques heureuses spéculations abrègent pour moi les lacets trop prolongés du chemin, et j'arrive enfin à 6 heures 50 minutes au village des Eymes sur la grande route.

Une voiture publique qui passe à ce moment, venant de Crolles, me dispense de faire à pied les 13 kilomètres de plaine qui me séparent encore de mon domicile, et plus ou moins agréablement cahoté au travers de St-Ismier, Montbonnot, Meylan et la Tronche, j'étais rendu à Grenoble à 8 heures du soir, après avoir joui, sur ma diligence, des splendeurs du coucher de soleil qui terminait ce beau jour.

Mon succès était complet, et le plaisir de ces belles montagnes, augmenté par un ciel d'une pureté trop rare, avait de beaucoup dépassé mon attente. Montagnettes, diront dédaigneusement ceux qui ne prisent que les glaciers et leurs grands rocs, les intransigeants de l'alpinisme ! Taupinières même, si vous voulez, mais taupinières charmantes, où l'attrait d'une nature gracieuse vous saisit et vous pénètre plus sûrement que les grands spectacles si sublimes qui demandent une disposition d'esprit et pour ainsi dire une accoutumance spéciales. Les émotions douces s'emparent plus volontiers de notre âme que les sensations poignantes, et chacun est accessible au plaisir que procurent les spectacles si variés, si multiples, déroulés à chaque instant par les prairies, les bois, les eaux et les rochers de la Chartreuse. Le voyageur rapide, qui traverse ces montagnes au trot des chevaux de la diligence, en emporte déjà une impression vivace ; mais le patient touriste qui les visite en détail et en parcourt tous les replis, y trouve une mine inépuisable de contemplations en même temps qu'un prétexte toujours renouvelé au plus salutaire et plus vivifiant exercice.

H. FERRAND.

TABLE DES MATIÈRES

NOTA. — *Une erreur typographique a fait répéter deux fois les chiffres de 1 à 20 dans la pagination.*

CHAPITRE PREMIER

PAGES

Le Grand Som et le Granier 3
    La Grande-Chartreuse 5
    Le Grand Som 6
    St-Pierre d'Entremont 8
    Le Granier. 12
    Histoire de la chute du Granier 12
    Panorama du Granier 15
    Le Pas de la Porte 16
    Chapareillan 18

CHAPITRE SECOND

Les Sources de Guiers-Vif et le Col de Valefroide. 1
    La forêt des Eparres. 3
    St-Même 5
    Les grottes des sources du Guiers-Vif 7
    Cirque de Valefroide. 9
    Panorama du Col de Valefroide 10
    La Buissière 12

CHAPITRE TROISIÈME

                                                                    PAGES

Charmant-Som   15
    Chapelles de Notre-Dame de Casalibus et de St-Bruno .   16
    Le Col de la Ruchère   17
    L'Aliénard   18
    La Courrerie   20
    Tenaison et le trésor des Chartreux   22
    La maison forestière des Charmettes   25
    Charmant-Som   27
    Le Col de Porte   29
    Le Sappey   30

CHAPITRE QUATRIÈME

Chamechaude   33
    Le Col de Vence   36
    Le Sappey   38
    Chamechaude et son panorama   42
    Sarcenas   46
    Le Col de Clémentière   47

CHAPITRE CINQUIÈME

Les Rochers de Chalve et la Grande Sure   49
    Proveyzieux   50
    Les Rochers de Chalve   53
    Le Col des Bannettes   55
    Le Col de la Grande-Vache   56
    La Grande Sure et son panorama   57
    La Chartreuse de Currière   62

CHAPITRE SIXIÈME

PAGES

Les Sources du Guiers-Mort et la Dent de Crolles. 65

Le Pas de la Fosse 66
Le Mont de Joigny 68
Entremont-le-Vieux. 69
Le Col du Cucheron. 71
St-Pierre de Chartreuse 72
La Fontaine Noire et les Sources du Guiers-Mort . . 74
Le Trou-du-Glas. 76
La Dent de Crolles et son panorama . . 79
Le Col des Ayes 82
St-Pancrace 82

934

9 782013 607797